가시나무에서도  노고지리가  솟는다

## 윤재근(尹在根)

경남 함양 출생.
마산(馬山)고등학교 졸업. 서울대학교 영문학과를 졸업하고
같은 학교 대학원 미학과에서 석사 학위를, 경희대학교 대학원 국문학과에서
박사 학위를 받았다.
서울 동성고등학교 영어 교사, 계간《문화비평》, 월간《현대문학》의 편집인 겸
주간을 지냈으며, 한양대학교 국문학과 교수, 한국미래문화연구소 소장을
역임했다. 현재 한양대학교 국문학과 명예교수이다.
저서 : 《樂論》《詩論》《文藝美學》《문화전쟁》《萬海詩와 주체적 詩論》《萬海詩
'님의 침묵' 연구》《동양의 본래 미학》《莊子 철학 우화》(전3권)《論語 愛人과
知人의 길》(전3권)《孟子 바른 삶에 이르는 길》(전3권)《老子 오묘한 삶의 길》(전3권)
《古典語錄選》(전2권)《생활 속의 禪》《살아가는 지혜는 가정에서 배운다》《인물로
읽는 장자》《먼길을 가려는 사람은 신발을 고쳐 신는다》《자벌레는 왜 몸을
움츠리는가》《내 마음속 조용히 살어리랏다》외 다수.

가시나무에서도 노고지리가 솟는다

**지은이** 윤재근
**펴낸이** 양동현
**펴낸곳** 도서출판 나들목
　　　　출판등록 제6-483호
　　　　136-034, 서울 성북구 동소문동4가 124-2
　　　　전화 02-927-2345 팩스 02-927-3199

**초판 1쇄 인쇄** 2009년 2월 20일
**초판 1쇄 발행** 2009년 2월 25일

ISBN 978-89-90517-61-6  03810

www.nadeulmok.co.kr

하루 20분 나를 만나는 명상(冥想)

# 가시나무에서도 노고지리가 솟는다

나들목

생활인生活人의 명상冥想은 참선參禪처럼 자치自治를 떠날 수 없다. 명상은 스스로 자신을〔自〕다스려〔治〕몸과 마음의 건강을 누리고 행복한 길로 드는 수련修鍊이다. 오직 나 스스로 하는 양생養生이 곧 명상의 자치自治인 셈이다. 명상함으로써 나 자신을 다스려 나를 진실로 만날 수 있다. 그러면 나는 내가 곧 하나의 커다란 세계임을 실감할 수 있다. 이는 내 마음보다 더 무거운 것도 없고 더 가벼운 것도 없음을 체험할 수 있는 까닭이다. 내 마음이 무엇이든 마음속에 담을 수도 있고 비울 수도 있다. 원하는 것을 바라고 탐하는 마음가짐을 욕欲이라 한다. 반대로 마음속에 담아 놓은 것을 스스로 비워 내는 마음가짐을 허虛라고 한다. 무엇이든 바라고 마음속에 담는 것이 욕심慾心이고, 마음속에서 비워 내는 것이 허심虛心이다. 한순간만이라도 욕심에서 허심으로 돌아와 안심安心을 누림이 곧 생활인의 명상이다.

　그러나 생활인의 마음은 담기를 탐하고 비우기를 싫어한다.

그래서 생활인의 마음은 욕欲을 좋아하고 허虛를 싫어한다. 생활인의 명상은 생활인의 마음이 싫어하는 허와 친밀하게 하여 가벼운 마음을 누리기 위함이다. 그래서 욕심을 내면 명상을 떠난 것이고, 허심으로 돌아오면 명상을 누릴 수 있다.

솔직히 말해 생활인은 날마다 욕欲으로 마음을 태우면서 불길처럼 살고 있다. 낮 동안 욕심을 냈다면 잠들기 전 30분만이라도 허심으로 돌아와 내일을 위해 단잠으로 쉴수록 좋다. 생활인의 명상은 단잠을 불러들이기 바로 전 한순간 홀로 출렁이는 마음을 고요로 이끌어 맑은 허심을 누리게 한다.

몸이 아프면 아픈 줄 알고 병원을 찾지만 마음이 병들면 지나쳐 버리기 쉽다. 마음이 삶에 시달려 애를 끓이는 속병쯤은 견디며 삶을 불안의 늪으로 몰아 가는 것이다. 그러면서도 어쩔 수 없다고 여긴다. 그러나 살아가는 현실이 마음을 괴롭힌다고 그대로 따라간다면 결국 마음이 지쳐 삶의 의욕을 차릴 수 없게 된다. 그리고 스스로 죽지 못해 산다고 입버릇처럼 푸념하다 우울증도 앓고 심화心火로 몸서리치게 된다.

아무리 초라한 삶이라도 싱싱하게 가꾸어야만 사는 일이 떳떳하고 당당해진다. 그렇게 하려면 먼저 자신의 심기心氣를 북돋워야 생기生氣를 일굴 수 있다. 마음[心]의 기운[氣]은 나 스스로 북돋는 것이지 남이 해 줄 수 있는 것이 아니다. 고달파 지친 심기를 되찾을 수 있는 방편이 곧 생활인의 명상이다. 생활인의 명상은 심신의 건강을 다져 주고 모든 일에 정성을 쏟는 마음가짐〔心氣〕으로 이끌어 참다운 성취를 떳떳하게 누리는 행복한 삶의 주인이 되게 한다.

심기心氣는 마음이 가벼워야 되살아난다. 마음이 가벼우려면 마음속을 채우고 있는 온갖 속셈을 쳐내야 한다. 생활인의 명상이란 마음속을 채우고 있는 온갖 바람〔欲〕을 달래서 쳐내는 것이다. 마음의 비움이란 무엇을 포기하고 체념하는 것이 아니라 세상이 내 것이 아니고 내 뜻대로 되는 것이 아님을 터득하는 것이다. 생활인의 명상은 서로 겨루고 다투는 현실의 씨름판에서 한순간 샅바를 놓고 쉬는 순간이 왜 필요한지를 일깨워 준다. 그래서 심기心氣를 되찾아 생기生氣를 북돋워 새로운 삶의 샅바를 다시 잡게 한다.

표지화를 그린 외손자 임호빈Brandon Im 군의 천진한 삽화가 명상에 임할 생활인을 기쁘게 할 것이고, 불황인데도 이 책을 선뜻 출판해 준 나들목 양동현 사장님이 고마울 뿐이다.

2009년 이른 봄
윤재근 識

〈명상의 채비〉 부분을 정독해 보면 명상이라는 것이 누구나 잠자리에 들기 전 자연스럽게 할 수 있는 '마음 건강'임을 알 수 있을 것이다. 몸 건강은 움직임[動]을 떠날 수 없지만, 마음 건강은 고요[靜]를 떠날 수 없다고 생각하면 된다. 몸 운동을 할 때 준비 운동이 필요하듯 명상으로 마음의 고요[靜]를 누리기 위해서는 정성스럽게 명상을 위한 채비를 할수록 좋다. 마음의 고요[靜]는 쉽사리 누릴 수 없는 까닭이다.

일상에서 지극히 편안한 마음[安心]을 간직하기란 쉽지 않다. 건강한 삶을 위해서 몸 건강보다 마음 건강이 먼저임을 알아채지 못한 채 살아가는 경우가 열에 아홉이다. 몸이 병이 나면 단박에 알아도 심환[心患]을 알아채기는 참으로 어렵다. 마음앓이[心患]보다 더 삶을 해치는 병은 없고, 그런 심환을 물리치는 데 명상보다 더 좋은 길은 없다. 이러한 명상의 보람을 누리려면 먼저 그 채비가 온전하고 정성스러워야 한다.

가만히 앉아 있다고 해서 아무나 명상을 할 수 있는 것은 아니다. 오랜 수련을 거친 사람이라면 쉽게 명상에 들 수 있지만 생활인은 그렇게 쉽게 명상에 들 수 없다. 명상을 위해 가장 먼저 거쳐야 할 채비로 '성현聖賢의 이야기'를 듣는 것보다 더 좋은 비결은 없다. 먼저 명상의 자세를 취하고 '성현의 말씀'을 들어 보라. 그리고 이리저리 살펴 헤아려 새김질하면 자연스럽게 명상의 자리가 마련된다.

명상을 시작할 때마다 〈명상의 길잡이〉를 한 꼭지만 정독하고 책을 치워 버리면 된다. 〈명상의 길잡이〉를 이것저것 기웃거릴 필요는 없다. 한 꼭지만 정독하면 충분하다. 다음 명상 때 이미 정독했던 길잡이가 반복되더라도 다른 꼭지를 찾지 말고 그냥 성현의 말씀을 들으면 된다. 성현의 말씀은 백 번을 들어도 들을 때마다 새로운 말씀으로 들리는 까닭이다. 그래서 성현의 말씀은 철인이나 학자의 말과는 다르다. 물론 성현의 말씀을 되새김질하기만 해서는 명상을 할 수 없다. 운동하기 전에 몸을 풀듯 명상하기 전에도 마음 풀기가 필요해서 성현의 말씀을 도움 닫기로 삼을 뿐이다. 서서히 성현의 말씀을 뒤로 물리고 실눈으로 두 눈빛을 허공에 초점을 맞춘 뒤 온몸을 곧추앉음새로 이어가면 마치 궤도에 진입한 우주선처럼 마음이 유영하듯 더없이 안온해지면서 마음이 고요靜가 되는 순간을 누리게 된다. 그러면 '나는 명상하고 있는 중이다.'

**차 례**

# 제1편 명상(冥想)의 채비

# 제2편 명상(冥想)의 길잡이

## 1. 화두(話頭)의 길잡이 / 34

## 2. 침묵(沈默)의 길잡이 / 66

## 3. 천방(天放)의 길잡이 / 98

## 4. 대인(大人)의 길잡이 / 130

# 5. 존심(存心)의 길잡이 / 162

# 6. 망기(忘己)의 길잡이 / 194

# 7. 일상(日常)의 길잡이 / 225

# 제1편
# 명상(冥想)의 채비

# 1. 성현(聖賢)의 길잡이


명상冥想을 오래 한 사람은 쉽게 할 수 있다. 하지만 명상을 시작하려는 사람에게는 길잡이가 필요하다.

명상 전에는 먼저 산란한 마음을 달래야 한다. 그렇게 하려면 낮에 겪었던 일들을 털어내야 한다. 산란한 마음을 잡을 때는 심심풀이 삼아 짤막한 이야기를 읽어 보는 것이 가장 좋다. 그 이야기가 명상의 길잡이 구실을 해내는 까닭이다. 뒤에 이런저런 이야기들이 마련되어 있다. 한 꼭지만 택해 읽어 보고 5분 정도 그 이야기를 곱씹으면서 하루 동안 시달려 산란해진 마음을 달래는 과정이 필요하다.

마음을 달래는 데 이해利害를 떠난 이야기보다 더 좋은 친구는 없다. 무심히 열어 그날 짚이는 이야기를 그날 치로 여기고, 이미 읽었더라도 다른 것을 뒤적이지 말고 다시 새기면 언제나 새롭게 새길 수 있다. 다 읽은 뒤에는 눈을 지그시 감고 입을 다문 채 침묵沈默한다. 5분간 읽은 이야기를 곱씹으면서 침묵하는 것이다. 이런 침묵이 곧 명상의 들머리 노릇을 한다. 그러면서 반가부좌로 곧추앉음새를 차근차근 채비하면 명상의 자리가 잡힌다.

## 2. 명상(冥想)의 몸가짐

명상을 오래 한 사람은 명상의 몸가짐이 몸에 배어 있다. 그러나 명상을 시작하려는 사람은 명상의 몸가짐이 몸에 익도록 반복해서 버릇을 들여야 한다. 단정하되 흔들림이 없는 앉음새, 하염없는 눈매, 긴장이 풀린 손가짐 그리고 자연스러운 입막음 등을 명상의 자세라고 여기면 된다.

명상을 즐거운 놀이 삼아 누리는 현자들은 명상 자세를 자기 마음대로 한다. 현자는 눕든 앉든 서든 걷든 상관없이 명상을 누린다. 이런 경지를 두고 '사는 일 중에 먹고 싸는 일이 가장 급하다.'고 하는 것이다. 먹거나 싸는 순간을 제외하고는 늘 명상한다는 말이다. 이런 경사를 두고 '일일호일(日日好日)'이라 한다. 즉 '날마다(日日) 좋은(好) 날(日)'이니 이런 인생이라면 울고 웃을 일이 따로 없는 편안한 삶일 것이다. 어찌 생활인이 현자의 삶을 모두 탐할 수 있겠는가. 하루 중에 단 20분만이라도 명상을 할 수 있다면 그것만으로도 더 없이 행복할 것이다. 그런 행복을 남몰래 누리기 위해서는 명상의 몸가짐이 필요하다.

# 3. 명상(冥想)의 앉음새

　명상을 오래 한 사람은 어떤 자세로도 명상을 할 수 있다. 그러나 명상을 시작하려는 사람은 먼저 푹신한 자리를 마련해 단정한 앉음새를 갖추는 것이 좋다. 명상하기에 알맞은 단정한 앉음새를 반가부좌라 한다. 한쪽 발을 다른 쪽 다리의 허벅지 위에 얹은 앉음새가 반가부좌이다. 요새는 의자 생활이 몸에 익어 반가부좌가 불편할 수 있고, 허벅지와 장딴지를 저리게 할 수도 있지만 하다 보면 자연스럽게 된다. 오른쪽 다리를 몸 쪽으로 바짝 당긴 뒤 왼쪽 발도 바짝 당겨 오른쪽 허벅지 위에 얹을수록 허리를 꼿꼿이 하고 반가부좌를 취할 수 있다. 구부정하거나 비스듬히 앉아서는 반가부좌라 할 수 없다. 정수리에서 둔부까지 곧은 나무 등걸처럼 곧추앉은 반가부좌는 몸집만 곧추해 주는 것이 아니라 몸속의 온갖 장기가 바른 자리에서 제 할 일을 할 수 있게 자세를 가누게 하여 온몸의 건강을 도와주기도 한다. 그래서 반가부좌는 앉아서도 온몸을 편안히 단련하는 앉음새이다. 이렇게 하면 명상할 수 있는 몸가짐이 갖춰진다.

# 4. 명상(冥想)의 손가짐

　명상을 오래 한 사람은 두 손을 아무렇게나 내버려두고도 명상할 수 있다. 그러나 명상을 시작하려는 사람은 꼼지락거리는 손버릇부터 잡아야 한다. 그렇게 하기 위해서는 두 손을 잡아 두어야 한다. 명상할 때 두 손을 잡아 주는 방편은 배꼽 바로 밑에 두는 것이다. 왼손바닥을 오른손바닥 위에 올려놓고 엄지를 서로 가볍게 맞닿게 하여 동그라미를 만들어 두 손을 편안히 잡아 주면 된다. 포개진 두 손의 엄지가 동그라미를 자연스럽게 유지하면 꼼지락거리는 손버릇이 저절로 없어진다. 명상은 동動에서 정靜으로 돌아가 하염없이 쉬다가 다시 동動으로 돌아오는 즐거운 놀이이다. 온몸이 고요해지려면 한사코 만지작거리려는 손가락들이 가만히 있어야 한다. 무엇이든 만지기 위해 꼼지락거리는 손가락이 사람의 더듬이 노릇을 하지 못하게 두 손을 포개고 엄지를 맞대 동그라미를 그리는 것은 촉수觸手부터 쉬게 하는 방편이다. 두 손의 촉수가 더듬이 노릇을 그만두어야 명상의 자리가 마련된다.

## 5. 명상(冥想)의 눈썰미

　명상을 오래 한 사람은 두 눈을 감거나 뜨거나 상관없다. 그러나 명상을 시작하려는 사람은 먼저 두리번거리는 눈버릇부터 잡아야 한다. 그렇게 하기 위해서는 두 눈을 잡아 두어야 한다. 먼저 두 눈을 한 점에 모을 초점을 잡아야 한다. 두 눈이 정면으로 한 60cm 정도 떨어진 허공에 초점을 잡도록 시선을 모은다. 그러면 한사코 두리번거리는 눈버릇을 잡아 둘 수 있다.

　두 눈이 자연스럽게 초점을 유지하게 되면 두리번거리는 눈버릇은 저절로 없어진다. 명상은 동動에서 정靜으로 돌아가 하염없이 쉬다가 다시 동動으로 돌아오는 즐거운 놀이이다. 온몸이 고요해지려면 한사코 두리번거리는 두 눈을 허공의 초점에 꽁꽁 붙잡아 두어야 한다. 두리번거리는 두 눈은 마음을 번거롭게 한다. 두 눈을 허공의 초점에 맞춰 잡아 두는 것은 바깥을 이어 주는 두 눈의 촉매觸媒를 가만히 쉬게 하려 함이다. 두리번거리는 눈의 촉매를 그만두어야 명상할 수 있는 눈썰미가 잡힌다. 눈썰미를 허공에 점찍어 매달아야 명상의 자리가 마련된다.

# 6. 명상(冥想)의 눈뜨기

　명상을 오래 한 사람은 실눈을 감으면 곧 명상에 들 수 있다. 그러나 명상을 시작하려는 사람은 두리번거리는 눈버릇을 허공의 초점에 매달아 두지 못해 심안心眼이 두리번거리기 일쑤이다. 즉 다시 심안을 붙잡아 둘 방편이 필요한 것이다. 명상의 자세는 알아두면 어려울 것이 없지만 마음의 눈(心眼)을 감기는 참으로 어렵다. 현자가 아닌 우리네 명상은 상상이니 환상이니 공상이니 내 마음 나도 몰라 하듯 마음이 거침없이 온갖 신기루를 향해 방황하려고 한다. 그러다 한순간 바람 한 점 없듯 적막한 고요를 만나는 묘한 고요古謠에 떨어진다. 황홀한 순간이다. 그 순간 산란하던 마음은 사그라지고 마치 타고 남은 재처럼 고요가 온다. 이런 고요를 누리기 위해서는 날마다 거르지 않고 명상해야 한다. 나아가 우리 같은 일상인에게는 한 토막 이야깃거리가 필요하다. 그 이야기를 꼭꼭 씹다 보면 명상에 들기 전 마음을 산란하게 하던 이런저런 생각들이 어느 순간 사그라지고 안심安心하게 된다. 명상은 동動에서 정靜으로 돌아가 하염없이 쉬다가 다시 동動으로 돌아오는 즐거운 놀이이다.

# 7. 심안(心眼)의 고요[靜]

왜 마음이 산란한가? 마음이 허虛를 놓치고 욕欲을 잡았기 때문이다. 그래서 이 생각 저 생각으로 마음이 고생한다. 마음고생 없이 사는 사람은 없다. 그래서 누구나 불안不安을 안고 하루하루 살얼음 위를 걷듯 사는 것이다. 따지고 보면 한순간도 편안하지 못하다. 누구나 다 가시방석에 앉아 삶을 살아간다. 이는 채움[欲]의 삶으로 서로 아우성치는 것이다. 그런데 용감한 사람이 있다. 천 길 벼랑끝에 매달린 밧줄을 확 놓아 버리는 사람이다. 그런데 참으로 묘한 것은, 밧줄을 놓았으니 사정없이 떨어져 죽어야 할 터인데 죽지 않고 오히려 살아난다는 것이다. 이를 두고 욕欲을 버리고 고요[靜]를 누리는 마음이라 한다.

온종일 돈벌이로 아등바등했는가? 그렇다면 돈벌이 욕심을 확 놓아 버려라. 온종일 명예에 애달았는가? 그렇다면 그 욕심을 확 놓아 버려라. 그러면 심안心眼이 곧장 집중執中을 향한다. 그런 집중의 향함이 마음이 바라는 정靜이다. 안심安心과 고요[靜], 이는 곧 명상이 가져다주는 마음의 가벼움[安心]이다.

# 8. 육안(肉眼)의 초점

　한 꼭지를 읽고 난 뒤 나름대로 곱씹으면서 그 이야기의 속내를 새겨 보는 일이 급하다. 마음은 잡생각을 멈추고 집중執中하려고 한다. 집중이란 가운데[中]를 잡음[執]이다. 태풍의 눈 같은 것이 곧 중中이다. 명상이란 바로 그 가운데[中]를 블랙홀black hole처럼 여기고 심란心亂을 삼켜 준다. 그렇게 하려면 실눈의 눈빛을 허공에 한 점으로 모아 지속하는 일이 급하다. 두 눈빛이 하나가 되면 허공에 한 점이 찍힌 듯 보인다. 돋보기로 햇살을 잡아 불씨를 잡듯 두 안광眼光이 한 점에 모이면 마치 동공의 방광放光이 초점을 이룬 것처럼 보인다. 그렇게 되면 덩달아 심안心眼이 고요를 누리고 잡생각을 빨아들여 심신心身이 명상한다. 명상해 보지 못한 사람은 집중한 마음의 고요[靜]가 곧 명상하는 것임을 알 수 없다. 명상하지 않는 사람은 심안의 고요가 육안肉眼의 하얀[白] 점點으로 잡힌다는 말을 곧이듣지 못해 헛소리 말라며 비웃는다. 두 안광이 한 점에 모여 집중하면 따라서 마음도 집중하고, 그러면 마음이 온갖 생각을 그만두고 단잠을 누리듯 푹 쉰다. 그렇게 하려면 실눈이 꼼짝 말아야 한다.

# 9. 초점과 숨질

초점을 명상점冥想點이라고 불러도 된다. 이 명상점에 이르려면 반가좌의 앉음새, 손가짐, 눈썰미를 갖추는 것만으로는 부족하다. 실눈을 뜬 눈매는 털끝만큼도 흔들림이 없고, 숨질은 깊고 느려야 한다. 들숨은 배꼽 밑까지 깊고 느리게 들어가고, 날숨은 배꼽에서 아주 천천히 숨통으로 술술 나오는 숨질이 한결같이 들고나야 실눈이 허공에 한 초점을 초점으로 콕 찍을 수 있다. 마치 좁쌀만 한 구멍을 허공에 내듯 걸려 있다 싶게 실눈의 눈매가 하나로 사로잡힌 채 명상해야 한다. 두 실눈의 눈매가 하나되면 누구나 죽은 듯 가만히 앉아서 자신의 몸무게를 잊어버리고 허공에 뜬 것처럼 가뿐해진다. 그러면 명상을 누리는 마음이 허공에 둥둥 뜬 것 같다. 이런 마음을 일러 허실虛室이라 한다. 욕欲을 비운 '빈[虛] 방[室]'이라는 말이다. 그 허실虛室에서 노니는 마음의 고요를 일러 '생백生白'이라 한다. '마음이 빛살[白]을 낸다[生]'는 말이다. 이런 고요에서 노닐기 위해서는 들숨을 3초, 날숨을 15초 이상은 길게 늘여 들고나는 숨질을 멈추지 않아야 한다. 이렇게 해야만 마음이 명상을 누리며 푹 쉴 수 있다.

# 10. 고요[靜]와 초점

명상을 정성껏 하여 심안心眼이 고요[靜]를 누리면 육안肉眼이 초점을 본다는 말을 의심치 말라. 정성껏 명상해 보지도 않고 말부터 의심할 바엔 명상할 채비를 그만두는 것이 낫다. 마음을 두고 무겁다 하기도 하고 가볍다 하기도 한다. 벼랑에서 떨어질세라 밧줄을 잡고 있으니 마음이 무거울 수밖에 없다. 그러나 밧줄을 놓아 버리면 마음이 가벼워진다. 마음속 무거움을 한순간만이라도 비워서 가볍기를 바란다면 명상하는 것이 가장 좋다. 그래서 명상하려는 사람은 남들이 보지 못하는 심안을 소중히 여기고 날마다 닦는다. 이제 허실생백虛室生白이라는 말을 알 것이다. 명상하는 마음이 집중하면 저절로 생백生白의 모습이 되고 마음은 명경明鏡이 된다. 그래서 명상하면 잡생각이 달아나고, 심안은 고요[靜]를 누리고, 그 고요[靜]는 밝고 맑은 빛살을 내는 모습으로 드러나 마음이 절로 밝아진다. 마음이 묘하게 가뿐해짐을 의심치 말라. 심안이 발광發光하고 육안이 바라보는 황홀함을 명상해 보면 누구나 즐길 수 있다.

# 11. 성현(聖賢)과 고요[靜]


　명상을 정성껏 하여 심안[心眼]이 고요[靜]를 황홀하게 누림은 그 전에 성현의 이야기가 마음을 빈 방[虛室]으로 옮겨 가게 길잡이 노릇을 해 준 덕이다. 성현의 이야기라야 허실로 이끌어 주는 길잡이가 쉬워진다. 세상의 온갖 정보는 현실에서 돈벌이로 몰아치고, 재물을 쌓게 후리고, 명성과 출세를 향해 불나방이 되라고 재촉하며 숨가쁘게 달려가라 한다. 이런 헐떡임에 시달리다 보면 심기[心氣]는 소진되고, 덩달아 삶의 기운[生氣]마저 메말라 버린다. 삶이 등짐 같아지면 사는 일이 불행해진다. 삶을 불행덩어리로 몰아가지 않으려면 삶의 등짐을 내려놓고 쉴 수 있어야 한다.

　성현들은 우리에게 행복은 깃털보다 가볍지만 질 줄 모르고, 불행은 태산보다 무겁지만 내려놓을 줄 모른다고 나무란다. 오직 성현들만이 삶의 행복을 누리는 길을 터 준다. 그 길을 한참 걷다 보면 심안이 고요를 만나고 육안[肉眼]이 초점을 허공에 찍어 주어 명상을 누리는 순간을 마주할 수 있다. 심란한 마음을 스스로 달래는 데 성현보다 더 좋은 선생은 없다. 성현과 사귀면 누구나 마음의 고요를 내려받을 수 있다.

## 12. 명상(冥想)과 성현(聖賢)


명상점을 허공에 맺기까지 마음은 매우 산란한 과정을 거쳐야 한다. 반눈을 뜨고 우두커니 반가좌한 채 앉아 있다고 해서 명상을 누릴 수 있는 것은 아니다. 마음이 거친 너울의 파고波高를 넘으려면 무엇보다 성현의 말씀이 왜 필요한지를 알아야 한다. 명상에 들기 전에 성현의 말씀을 들어 두면 그만큼 빨리 심란心亂의 파고를 넘을 수 있다. 명상은 홀로 하는 수행修行이지 친구 삼아 찜질방에 가듯 할 수는 없는 것이다. 그러니 명상 전에는 성현의 이야기를 들어 보고, 그 이야기를 스스로 되씹어 보는 과정이 필요하다. 신문 기사나 잡지를 읽고, 소설이나 시, 수필을 읽으면 되지 않을까 싶지만 이런 읽을거리들은 오히려 마음을 들뜨게 할 뿐이다. 의식意識을 지피려는 마음부터 잡지 않으면 명상할 수 없다. 그래서 명상을 누리기 위해서는 반드시 그전에 성현을 만나 이야기를 들어야 욕欲의 마음을 비워 낼 길을 찾을 수 있다. 성현은 우리를 손자처럼 여긴다. 손자에게 어렵게 이야기하는 할아버지는 없다. 한 토막 성현의 이야기가 우리를 명상의 들머리로 쉽게 이끌어 주는 길잡이 노릇을 다해 준다.

# 13. 명상(冥想)과 요가

　　요가Yoga는 온몸으로 마음 쓰기를 없애는 몸짓이다. 그래서 요가를 하면 덩달아 명상을 누릴 수 있다. 요가는 몸의 일부분만으로 되지 않는다. 팔만 구부리거나 다리만 꼬거나 허리만 굽히거나 목만 비틀어서는 요가를 할 수 없다. 온몸을 켕기게 했다가 풀어 몸의 근육을 한곳으로 몰아 몸의 어느 근육이 켕기는지 모르게 해야 한다. 그렇게 온몸이 뒤틀리고 오그라져도 어느 살점이 괴로움을 겪는지 마음이 모르는 상태가 요가이다. 마음 쓰는 것이 없어지면 몸도 없어진다. 선방禪房에 가만히 앉아 참선參禪하는 선사禪師의 반가부좌도 요가의 앉음새이다. 편안하게 앉아 있기 위해서가 아니다. 온몸을 꼼짝 않게 하고서 배꼽 밑까지 숨이 천천히 들어가게 하여 그 숨이 다시 조금 빠르게 술술 흘러나오도록 곧추앉음새를 취하는 반가부좌도 요가인 셈이다. 오랜 시간 몸의 고행苦行을 거쳐 보통 사람이 취할 수 없는 동작인 까닭에 요가를 택하지 않는 것일 뿐 참선이나 명상이나 요가나 마음쓰기를 없애기는 다 같다.

# 14. 명상(冥想)과 사지(思止)

왜 반가부좌로 온몸을 곧추앉음새로 꼼짝하지 말아야 하는가? 왜 한사코 꼼지락거리는 손버릇부터 잡아야 하는가? 왜 쉼없이 이리저리 두리번거리는 눈버릇을 잡아야 하는가? 왜 심란한 마음을 다잡아 심안心眼이 곧장 집중執中을 향하게 해야 하는가? 왜 단 한 번이라도 육안肉眼이 초점을 잡아 보면 산란한 마음이 집중하여 하염없이 잠잠하게 머물러 고요하게 하는가? 왜 줄곧 심안이 고요를 누려야 하는가? 왜 숨질이 한결같이 들고나면서 반눈이 허공에 명상점을 초점으로 콕 찍어 낼 수 있어야 하는가? 이 모든 명상의 자세는 마음쓰기(思)의 멈춤(止)을 노리기 때문이다. 선승禪僧의 참선參禪은 마음 쓰기를 비워 냄(虛)을 단행하지만 생활인의 명상은 달리는 자동차가 달아오른 엔진을 식히기 위해 달리기를 일단 멈추는 것과 같다. 온종일 쉬지 못한 채 질주한 마음은 지칠 대로 지쳐 심란할 뿐이다. 심란한 마음은 불붙은 심지와 같다. 불 붙은 마음은 단 한순간이라도 꺼진 채로 푹 쉬어야 다음 날 새로운 심지로 거듭날 수 있다. 그러니 생활인의 명상은 이런저런 마음 쓰기를 한순간 딱 멈추고 편한 마음으로 고요를 즐겨야 한다.

# 15. 명상(冥想)과 심등(心燈)

생활인의 명상을 불가(佛家)의 말로 비유하면 '심등(心燈)을 새로 밝힘'과 같다. 오늘 하루 지쳐 버린 심등(心燈)의 심지를 새것으로 갈아 끼우려 함이 곧 생활인의 명상인 셈이다. 오늘 태운 심지로 다시 내일의 불길을 당길 것이 아니라 오늘 태운 불길의 애환(哀歡)은 탈탈 털어 버리고 내일은 다시 깨끗한 심지를 끼워 심등을 밝히기 위함이 생활인의 명상이라는 말이다. 마음(心)의 등(燈)은 곧 심령(心靈)에 비유된다. 마음(心)의 신비로움(靈)은 마음의 집중(執中)으로 드러난다. 그런 집중을 명상하는 사람은 심안(心眼)의 명상점을 육안(肉眼)으로 바라보는 황홀함을 누릴 수 있다. 그 황홀함이 마치 허공에 매달린 별처럼 명상하는 이의 육안 앞에 드러난다. 그런 초점을 바라보는 순간만은 어떤 세파(世波)도 마음을 흔들어 심란하게 할 수 없다. 참으로 온전하게 더없이 편안한 마음이 맑고 깨끗해진다. 그렇게 되면 마음은 밝은 채로 몸과 더불어 푹 쉴 수 있다. 한순간 낮잠이 온몸의 피로를 날려 버리듯 명상은 지쳐 있던 마음을 한순간에 말끔히 씻어 주고 다시 마음속의 심등을 밝혀 준다. 그래서 명상은 지친 마음을 싱싱하게 돌려놓는다.

# 제2편
# 명상(冥想)의 길잡이

# 1. 화두(話頭)의 길잡이

화두話頭는 선가禪家에서 참선參禪의 길잡이로 삼는 것이다. 선승禪僧의 참선은 선정禪定의 누림이다. 그러나 그 선정을 생활인이 쉽사리 누리기는 어렵다. 그래서 선승의 참선과 생활인의 명상은 서로 같다고 볼 수 없다.

선가의 선정은 번뇌煩惱를 멸하는 수행修行만으로 그치지 않는다. 선승이 번뇌를 없애는 것은 초선初禪에 불과하다. 선승은 믿음의 뿌리, 즉 신근信根을 튼튼히 하여 온갖 의식意識을 털어 버리는 이선二禪에 들어도 아직 선정에 들지 못한다 하고, 기쁨이나 즐거움, 즉 희락喜樂을 모조리 털어 버리는 삼선三禪에 들어도 선정에 들지 못한다고 한다. 괴로움도 없고 즐거움도 없는, 즉 고락苦樂을 벗어난 마음씨마저 모조리 다 버린 사선四禪에 들어서야 선정을 누릴 수 있다니 선승의 선정이 산마루라면 생활인의 명상은 산자락이다.

생활인이 위와 같은 선승의 선정을 누리기 위해서 명상한다고 한다면 그것은 거짓이다. 생활인의 명상은 참선의 들머리인 초선初禪의 아류만 되어도 매우 만족스러운 생활의 수련이 될 수 있다. 아류亞流란 흉내내는 것이다. 생활인의 명상이 초선初禪을 흉내만 내도 만족스럽다는 말이다.

초선初禪은 번뇌를 끊어 버리지만 생활인의 명상은 그 번뇌를 끊기가 어렵다. 생활인의 명상은 생활인으로 하여금 번뇌를 쫓아내 지쳐서 무겁게 된 마음속을 비워 가볍게만 해 주어도 만족스럽다. 그래서 생활인이 명상을 누림은 하루 일을 마치고 잠자리에 들기 직전에 하는 것이 가장 좋다. 생활인의 명상은 이런저런 온갖 생활의 속셈들이 짓는 일거리들로 파김치가 된 마음이 푹 쉴 수 있도록 이해利害의 갈고리들을 치워 버리게 해 주는 것으로 족하다.

생활인이 명상에 들기 위해서는 선승이 선정의 길잡이로 삼는 화두를 명상의 길잡이로 빌리는 것이 좋다. 화두의 길잡이가 가장 따끔하면서도 사정없이 명상의 길로 이끌어 주기 때문이다. 화두의 길잡이는 하루 내내 시달렸던 이해利害의 갈고리들을 산산이 부수기 위해 망치를 든 길잡이가 된다.

# 차나 마셔라

"끽다거喫茶去 해라." '차나[茶] 마시고[喫] 가라[去].'는 말로, 조주 선사趙州禪師가 내놓은 화두話頭이다.

끽다거는 설익었으니 스스로 잘 익혀 보라고 타일러 내보내는 셈이다. 묻는 말에 대답이 시원치 않아 그냥 좋은 말로 타일러 준 것이다. 차나 마시라는데 무슨 뜻이 있겠는가. 차茶에 무슨 뜻을 숨겼는지, 마시라[喫]는 말에 무슨 뜻을 숨겼는지 헤아리는 자가 있다면 그는 어리석은 자다.

내 마음 밖에서 일어나는 온갖 일은 남의 힘을 빌릴 수도 있지만 마음속에서 일어나는 일은 나밖에 처리할 수 없다. 이를 안다면 '차나[茶] 마시고[喫] 가라[去].'는 말을 들을 리가 없다. 오직 나밖에는 해결할 수 없는 일을 남에게 풀어 달라고 애걸할 수는 없는 일이다. 마음속에서 나를 괴롭히는 이런저런 이해利害의 속셈들은 스스로 풀어야 한다. 속셈을 근사한 말로 의욕意欲이라고 하지만, 그것은 나를 괴롭히는 번뇌煩惱일 뿐이다. 내가 마실 차를 남이 대신 마실 수 없듯이 나를 괴롭히는 속셈을 쓸어 내는 데 명상보다 더 좋은 빗자루는 없다.

# 살불(殺佛)하라니

"봉불살불逢佛殺佛하라." '부처를[佛] 만나거든[逢] 부처를[佛] 죽이라[殺].' 는 말로, 임제 선사臨濟禪師가 내놓은 화두이다.

부처님을 죽이라니 섬뜩하다. 불교에 몸담은 선사禪師가 이렇게 거침없이 말할 수 있는 것이 선가禪家의 유아독존唯我獨尊 가풍이다. 두고두고 나를 괴롭히는 내 마음속의 시름과 괴로움, 야심, 야망을 모두 벗어 버리고 하염없이 편안하게 쉬고 싶다면 봉불살불逢佛殺佛하라는 화두를 떠올려라. 이렇게 하면 뇌리에 돌개바람이 번쩍 회오리 치듯 마음속에 드리워졌던 이런저런 속셈의 안개들이 삽시간에 걷히는 순간을 마주할 수 있다.

남에게 끄달리지 말고 마음속에 이글거리는 것들을 모조리 죽여 버려라. 마음속에서 부처를 만나면 부처를 죽이고, 조사祖師를 만나면 조사를 죽여야 온갖 번뇌에서 벗어날 수 있다고 거침없이 설파한 살불殺佛의 화두를 떠올려라. 그리하면 하루 내내 시달렸던 온갖 속셈을 마음속에 넣어두고 끙끙거릴 까닭이 없음을 깨달을 수 있다. 목숨 걸고 하겠다는 일도 따지고 보면 별것 아니다. 나를 심란하게 하는 것들을 쳐내기 위해서는 내 마음이 쉬는 일이 가장 급하다.

# 얼간이도 있고

"당주조한[噇酒糟漢이라." '술[酒] 찌꺼기나[糟] 얻어먹는[噇] 놈들이야[漢].'라는 말로, 황벽 선사[黃檗禪師가 내놓은 화두이다.

상대를 사정없이 무안하게 하는 말이다. 얼버무리는 화두란 없다. 적당히 어루만지고 슬슬 시치미 떼는 짓거리는 눈곱만큼도 용납하지 않는다. 단칼에 요절내 버리는 것이 화두의 말발이다. 그 말발에 정신차리지 못하면 단박에 작살이 난다. 그래서 '말 화[話'에 뜻 없이 어조사 '머리 두[頭'를 붙여 말발을 세차게 해 둔 셈이다. 화두[話頭는 부드러운 말씨가 아니라 사나운 말투이다. 세상에는 일은 열심히 하지 않으면서 빈둥거리며 불평을 늘어놓고 투정을 일삼으며 꼬투리라도 잡아서 남의 약점이나 물고 늘어져 공으로 먹고살려는 자들이 많다. 절간에도 공밥이나 얻어먹고 참선[參禪하는 척만 하는 도반[道伴이 많다. 이들을 향해 사정없이 "술[酒] 찌꺼기나[糟] 얻어먹는[噇] 놈들이야[漢]."라고 쏘아붙였으니, 과연 황벽의 말발에 나자빠지지 않을 놈이 몇이나 될까? 세상에는 그런 얼간이들이 생각보다 많다. 그런 얼간이 축에 끼지 않으려면 정성을 다해 소중한 삶을 위해 땀을 쏟아야 한다. 첫술에 배부를 수 없음을 일찍 터득할수록 사는 일이 밝다.

## 호떡이다

"호병餬餅이다." '호떡이다.'라는 말로, 운문 선사雲門禪師가 내놓은 화두이다.

한 중이 운문에게 물었다. "부처의 말이나 조사祖師의 말은 너무 들어서 싫으니 그분들이 하지 않은 말이란 어떤 것이오?" 이에 운문雲門은 '호떡' 한 마디로 그 주둥이를 막아 버렸다. 조금 안답시고 떠들어대는 주둥이를 내버려두면 천하가 제 손바닥에 있는 줄 알고 혓바닥을 놀려대게 마련이다. 세 치 혀로 세상을 농락하는 자들은 언제나 무성하다. 세 치 혀로 나불거리는 주둥이를 한 방에 날려 버리는 데는 망치보다 목구멍을 틀어막아 줄 호떡 하나가 차라리 낫지 않겠는가. 주둥이 놀리지 말고 호떡이나 주워먹고 입 닥치라는 것이다. 혓바닥 함부로 놀리지 마라. 한번 뱉은 말은 주워 담을 수 없고, 낮말은 새가 듣고 밤말은 쥐가 듣는 법이니 말이다. 참선하겠다면 입부터 놀리지 말라 함이 운문의 화두 '호병餬餅'인 셈이다.

생활인의 명상도 마찬가지다. 침묵하지 않고서는 누구도 명상할 수 없다. 입 다물고 눈 감고 귀 막고 심란한 마음속을 달래 빈 방[虛室]으로 돌아와 편히 쉬고 싶다면 가장 먼저 말구멍부터 막을 일이다.

# 북을 쳐라

"해타고解打鼓한다." '북을[鼓] 칠 줄[打] 안다[解].'는 말로, 화산 선사禾山禪師가 내놓은 화두이다.

화산이 제자들에게 말했다. "글을 배워 얻어들은 지식을 문[聞]이라 하고, 다 배워 더는 배울 것이 없음을 인[隣]이라 한다. 그리고 이 둘을 벗어남을 진과眞過라 한다." 이에 한 중이 그 진과眞過란 어떤 것이냐고 묻자 화산은 북을 둥둥 치고 말았다. 다른 중이 다른 것을 물어도 그저 '해타고解打鼓'라고만 대답했다.

시비를 따져 보자고 고개를 쳐드는 상대와 말싸움할 것 없고, 대결을 하여 승패를 짓자고 이빨을 갈아 대는 자와 멱살잡이할 필요도 없다. 똥이 더러워서 피하지 무서워서 피하겠는가. 세상에서 가장 신물나는 짓이 겨루자는 것이다. 무엇이 참[眞]이고 무엇이 거짓[過]인지 따져 결판내자고 했다면 이미 흥정은 거덜난 셈이다. 내가 옳고 네가 그르다는 속셈을 이미 마련해 두고 겨루자는 놈과 헛바닥 싸움을 벌일 까닭은 없다. 겨룰 일이 생겼을 때는 한 발 물러나 왜 화산禾山이 북을 쳐들고 둥둥 쳤는지 그 까닭을 조금이라도 생각해 보는 것이 좋다.

# 밥통 속의 밥이다

"발리반鉢裏飯이고 통리수桶裏水이다." '밥그릇[鉢] 속[裏] 밥이고[飯] 통桶 속의[裏] 물이다[水].'라는 말로, 운문 선사가 내놓은 화두이다.

한 중이 운문에게 진진삼매塵塵三昧가 무엇이냐고 묻자 운문은 '발리반 통리수'라고 받아 주었다. 이 또한 입막음의 화두이다. 말로 해서 풀릴 것은 하나도 없다. 티끌 하나에 우주가 들어 있다는 말이 곧 진진삼매塵塵三昧이다. 우주에 무수히 많은 것들이 따로 있지 않고 함께 있음을 일러 진진삼매라 한다니 알아듣기 매우 어렵다. 태산은 크고 티끌은 작다는 생각은 사람들이 지어 낸 것일 뿐이라는 사실을 알아차리기는 참으로 어렵다. 그래서 장자莊子도 '가을 하늘에 날리는 털끝이 가장 크고 태산이 가장 작다.'고 뒤집어 말해 두지 않았는가. 사람이 만들어 고집하는 상식을 버리기란 참으로 어렵다. 그래서 진진삼매라면 말꼬리를 얼마든지 달고 나설 수 있겠지만 밥통 속에 든 밥이나 물통 속에 든 물을 두고 의심할 놈은 하나도 없다. 티끌 하나가 우주라는 말씀을 알아들을 수 없다고 비웃는 치는 밥통 속의 밥도 못 먹을 놈이다.

# 과거를 뉘우쳐야

"개왕수래改往修來하라." '과거를[往] 뉘우쳐[改] 미래를[來] 닦으라[修].'는 말로, 조주 선사가 내놓은 화두이다.

과거란 지나간 일을 말한다. 지나간 일이니 돌이켜볼 것 없다는 사람은 내일 할 일 역시 다를 것이 없다. 그런 사람은 자라기를 그만둔 나무와 같다. 살아 있어도 죽은 것이나 다를 바 없는 사람에게 던진 화두가 곧 개왕수래改往修來이다. 오늘이 어제의 판박이고 내일 또한 오늘의 판박이처럼 사는 사람은 어제는 살았어도 오늘 내일은 죽어 버린 것이나 다름없다. 선사禪師가 왜 참선參禪을 한단 말인가? 개왕수래改往修來의 향상이 아닌가. 생활인이 왜 명상하는가? 이 또한 개왕수래의 전진 아니겠는가. 어제보다 오늘이 낫고, 오늘보다 내일 더 낫기 위하여 어제를 뉘우쳐 오늘 내일을 닦는 것 아니겠는가. 어제보다 오늘 더 많은 돈을 벌고 오늘보다 내일 더 많은 돈을 벌기 위해 몸부림친다고 하면 단박에 알아챌 사람이 많을 것이다. 그러나 어제보다 오늘 더 나은 사람이 되고 내일 오늘보다 더 나은 사람이 되려고 마음을 닦는다고 하면 비웃는 사람이 많을 것이다. 그래서 명상을 하고 자는 사람보다 술에 취해서 자는 사람이 더 많다.

# 일하지 않았으면 굶어라

"일일부작一日不作 하면 일일불식一日不食 한다." '하루〔一日〕 일하지 않았으면〔不作〕 하루〔一日〕 먹지 않는다〔不食〕.'는 말로, 백장 선사百丈禪師가 내놓은 화두이다.

　어느 날 스승 백장을 시봉하는 시자가 스승으로 하여금 울력을 쉬게 하려고 농기구를 숨겼더니 울력은 물론 식사까지 그만두는 것이 아닌가. 이에 당황한 시자가 빌고서 울력을 그만두기를 간청하자 백장은 "하루〔一日〕 일하지 않았으면〔不作〕 하루〔一日〕 먹지 않는다〔不食〕."고 대답했다. '일하지 않았으면 먹지 말라.' 참선만 선가禪家의 일이 아니라 농사짓는 일도 참선과 같음을 밝힌 셈이다.

　중한 일이 있고 사소한 일이 따로 있다고 생각하면 정성을 다해 일하기 어렵다. 어느 일이나 나름대로 소중함을 지니고 있을 터이니 일마다 정성껏 임해야지 적당히 해치워도 되는 일이란 하나도 없다. 입는 옷이라고 깨끗이 빨고 걸레라고 대충 빨 수는 없지 않은가. 오히려 걸레를 더 깨끗이 빨아야 다음 걸레질을 깨끗이 할 수 있다. 일 따라 선후先後는 있겠지만 경중輕重을 두거나 귀천貴賤을 따져 차별하지 말아야 그르치지 않는 법이다. 무슨 일이든 빈둥거리면 잘될 리 없다.

# 나의 더러움이란

"취아시구取我是垢이다." '나를[我] 취함이[取] 더러운 것[垢]이다[是].' 라는 말로 조주 선사가 내놓은 화두다.

거울이 깨끗한지 더러운지를 알아보기는 참으로 쉽다. 거울 앞에 서 보면 단박에 알 수 있기 때문이다. 거울에 낀 땟자국은 문질러 닦아 주면 단번에 깨끗한 거울이 된다. 그러나 사람이 깨끗한지 더러운지를 알아내기란 거의 불가능하다. 열 길 물속은 알아도 한 길 사람 속은 모른다 하지 않는가. 좋은 옷 입고 얼굴 곱게 단장했다고 해서 깨끗한 사람은 아니다. 길 밑에 상수도가 있고 하수도가 있듯 사람 속에도 맑은 마음속이 있고 구정물처럼 더러운 마음속도 있다. 사람은 본래 깨끗한 마음만 지니고 태어나지도 않고 더러운 마음만 갖고 태어나지도 않는다. 그래서 선한 사람이 따로 있고 악한 사람이 따로 있지 않다. 누구나 선해서 깨끗할 수도 있고 또 누구나 악해서 더러울 수도 있는 변덕스러운 목숨이다. 남을 물리고 내 몫만을 챙기면 더러워지고, 남의 몫을 먼저 챙겨 주면 나는 절로 깨끗해진다. 그런데 한사코 남의 밥에 있는 콩이 더 커 보여 더러워지기 쉽다.

# 피곤하면 눕는다

"아시송료[屙屎送尿]하고 착의끽반[着衣喫飯]하며 곤래즉와[困來即臥]라."
'똥[屎] 오줌[尿] 누고[送] 옷[衣] 입고[着] 밥[飯] 먹고[喫] 피곤하면
[困來] 곧[即] 눕는다[臥].' 는 말로, 임제 선사가 내놓은 화두이다.

어리석은 사람은 이런 나를 비웃지만 현명한 사람은 알아들
을 것이라고 운문[雲門]이 토를 달아 두었다. 돈 버는 일이 가장 크
다고 아우성이다. 출세하여 명성을 쌓는 일이 급하다고 아웅다
웅한다. 일상의 일을 보잘것없는 잡동사니 같다고 여기는데, 어
찌하여 임제는 일상의 일을 열거해 알 만한 사람은 알아듣는다
고 토를 달았을까? 사람이 흉물스러운 것은 변심[變心]하는 까닭이
다. 마음이 한결같다면 어찌 사람이 돌변할 것인가. 어찌하여 굳
게 약속해 놓고 얼마 못 가 그 약속을 헌신짝처럼 팽개쳐 버리는
변덕을 부린단 말인가. 아무리 하찮은 일이라도 변덕스러워서는
마무리짓지 못한다. 이랬다저랬다 변덕부리지 말라 함이 임제의
아시송료[屙屎送尿]라는 화두인 셈이다. 화두는 직설할 뿐 꾸미거나
다듬지 않는다. 짤막한 한 마디로 정수리를 쳐서 사람을 혼쭐낸
다. 대단한 일 한다고 뻐기고 유난떨지 말라는 것이다.

# 행적은 고쳐라

"단개구시행이처但改舊時行履處하되 막개구시인莫改舊時人하라."
'다만[但] 과거의[舊時] 행적을[行履處] 고치되[改] 과거의[舊時] 사람을[人] 고치지[改] 말라[莫].' 는 말로, 조주 선사가 내놓은 화두이다.

죽어서 역모가 드러나면 묻은 널을 파내 쪼개어 그 속에 든 주검을 난도질했다는 조선의 부관참시剖棺斬屍라는 형벌보다 더 못난 짓거리는 없을 것이다. 주검을 난도질한다고 해서 과거에 도모했던 역모 사건이 고쳐질 리 없다. 과거를 거울삼아 같은 일이 두 번 다시 되풀이되지 않게 덕치德治를 베풀면 그것이 곧 과거의 행적을 고치는 일 아니겠는가. 마찬가지로 나라를 팔아먹은 매국노를 죽일 놈이라고 핏대 올리는 것보다 그들의 짓거리를 낱낱이 밝혀 다시는 되풀이되지 않게 역사의 거울로 삼는 편이 역사의 올바른 가르침이 될 것이다. 어찌 나랏일만 그렇겠는가. 일상에서도 일이 잘못되었으면 잘못된 까닭을 살펴 고칠 생각을 해야지 잘못을 범한 자를 두고 난도질을 한들 아무 소용이 없다. 독의 밑이 깨졌으면 독을 바꿀 일이지 깬 놈이 누구냐고 닦달한들 소용없지 않은가.

# 머물 것 없다

"보리무처[菩提無住處]라. 시고무득자[是故無得者]라." '보리에는[菩提] 머물[住] 곳이[處] 없다[無]. 그러니[是故] 얻을[得] 것도[者] 없다[無].'는 없다는 말로 임제 선사가 내놓은 화두이다.

보리[菩提]는 불가[佛家]의 용어이다. 부처의 정각[正覺]을 뜻한다고 여기면 된다. 즉 '올바른[正] 깨달음[覺]'이다. 무주[無住]란 붙잡고 늘어질 것 없다는 말로 들으면 된다. 내가 바란다고 될 리 없고, 내가 고집한다고 될 리 없음을 깨닫는 것이야말로 생활인의 보리[菩提]이다. 누구나 부처가 될 수 있다는 믿음이 불심[佛心]이지만 생활인이 부처가 된다는 것은 솔직히 하늘의 별을 따는 것보다 더 어렵다. 오히려 제 탐욕을 버리고 제 고집[固執]을 버리는 것이 생활인의 무주[無住]이고, 그만큼의 무주를 깨달아도 내가 바라는 대로 얻어지는 것이 세상에 없음을 깨달아야만 홀가분한 심기를 누릴 수 있다. 나만 갖겠다고 물고늘어질 것 없다. 세상은 우리가 다 함께 사는 곳이지 나만 유별나게 선택받은 존재가 되기를 바라고 고집해서는 세상에서 버림받는 멍텅구리가 되고 말 것이다. 생활인의 명상도 따지고 보면 무주[無住]로 통한다.

# 거기서 거기다

"여안여목如眼如目이라." '눈[眼] 같고[如] 눈[目] 같다[如].' 는 말로 운문 선사가 내놓은 화두이다.

한 스님이 빈주賓主의 사이는 얼마나 되느냐고 묻자 운문은 '여안여목如眼如目' 이라고 받아 주었다. 사이랄 것이 없다는 말로 들린다. 즉 차이가 없고 거기서 거기라는 말이다. 빈賓이란 요샛말로 객관客觀을 말하고, 주主란 요샛말로 주관主觀을 말한다. 객관과 주관이 얼마나 다르냐고 물었더니 다를 것 없다고 되받아 준 셈이다. 안眼과 목目은 두 글자지만 뜻은 하나이듯, 나[主]와 너[賓]는 돌려놓고 보면 다를 바가 없다. 주객主客을 하나로 보면 마음은 고요해질 수 있고, 주객을 둘로 보면 마음이 어지러워질 수 있다. 주객을 하나로 봄은 서로 같다는 판단이고, 주객을 둘로 봄은 서로 다르다는 판단이다. 나에겐 욕심이 있고 너에겐 욕심이 없다고 생각하면 나와 너는 둘이 될 수 있다. 그러나 나에게도 욕심이 있고 너에게도 욕심이 있다고 생각하면 나와 너는 다를 바가 없으니 다 같다. 사람치고 욕심 없는 자는 없다. 그러니 사람은 다 같다. 이처럼 따지고 보면 주객을 달리 바라봄은 사람의 변덕스러운 마음의 짓이다.

# 날마다 좋은 날

"일일시호일日日是好日이다." '날마다[日日] 좋은[好] 날[日]이다[是].' 라는 말로, 운문 선사가 내놓은 화두이다.

운문 선사가 한자리에 모인 문도門徒들을 향해 보름 전에 일어났던 일은 묻지 않겠고 보름 뒤에 일어날 일에 대해 한 마디 해 보라고 했더니 아무도 입을 열지 않았다. 이에 운문 자신이 '일일시호일日日是好日' 이라고 말했다.

걸핏하면 "에이, 오늘은 재수가 없네." "왜 하는 일마다 꼬이는 거야? 고사라도 지낼까?" 라며 뜻대로 되는 것이 없다고 투덜대면서 "오늘은 재수가 있으려나?" 하는 꿍꿍이를 품고 산다. 이렇게 날마다 제멋대로 운수를 걸고 큰 행운이 한번 터져 주기를 바라면서 사는 것은 요행을 바라는 복주머니와 다를 것이 없다. 제 인생을 마치 로또 복권처럼 여기면서 날마다 운수대통하기를 바라다가 헛물을 켜고는 날마다 제 욕심대로 되는 일이 없다고 투덜대기만 하면 좋은 날이 하루도 없다. 그러나 맑고 깨끗한 마음가짐으로 정성껏 땀 흘리며 사는 사람은 결코 요행을 바라지 않는다. 날마다 잠들기 전 명상을 누리는 생활인은 '날마다 좋은 날' 이라는 화두를 나름대로 알아듣고 날마다 잘산다.

# 속이지 않는 힘이다

"불기지력不欺之力이다." '속이지 않는[不欺之] 힘
이다[力].' 라는 말로, 법안 선사法眼禪師가 내놓은
화두이다.

　　사자는 토끼를 잡으면서도 온 힘을 다하고
코끼리를 잡는 데도 온 힘을 다한다는데 온 힘이
라는 그 힘을 모르겠다고 한 스님이 묻자, 법안은 '속
이지 않는 힘' 이라고 대답해 주었다. 그리고는 '불회고인어不會古
人語.' 라 토를 달았다. '옛 사람 말[古人語]을 모르는구나[不會].' 라
는 말이다. 성현의 말을 알아차린다면 물어볼 것도 없을 텐데 어
찌하여 법안은 토를 달았을까? 아마도 묻고 또 물어 놀려댈 주
둥이를 못질하고자 면박을 준 것이 아닐까 싶다. 면박을 주어도
입만 열면 조사는 사정없이 쌍말을 질러 버린다. 속임수라곤 하
나도 없는 힘을 두고 한마음[一心]이라 한다. 사자가 토끼를 잡든
코끼리를 잡든 잡고 말겠다는 그 마음을 의심해서는 안 된다. 그
런 사자처럼 참선을 용맹정진하면 어찌하여 깨달음을 얻지 못하
겠느냐고 대지른 것이다. 생활인이 명상하는 순간만은 한 점 속
임수 없이 스스로를 만날 수 있다. 그러므로 명상을 하면 저절로
나 자신을 추스를 수 있다.

# 주둥이 닥쳐라

"합취구구合取狗口하라." '개〔狗〕 주둥이〔口〕 닥치라〔合取〕.' 는 말로, 약산 선사藥山禪師가 조주 선사에게 권했던 화두이다.

무엇은 무엇이냐고 물으면 그저 그냥 '합취구구合取狗口하라.' 고 대지르고 말라는 것이다. 선가禪家에서는 그러고도 넘어갈 수 있겠지만 날마다 사는 일이 소스라치는 일상日常에서 이런 언사를 썼다간 날마다 멱살잡이에 휘말리고 말 것이다. 그러니 막무가내로 주워섬기는 주둥이를 만났을 때 미친개가 짓는 소리로 여기고 입을 닫아 버리면 조주의 화두가 틀림없이 효력을 낸다. 세상 입들은 맞받아치라고 꼬드기지만 그런 꼬임에 넘어갔다가는 내 입마저 개 주둥이로 변해 망신민 당하게 될 것이다. 싸가지 없는 놈에게 싸가지 없다고 하면 싸가지 없다고 욕먹은 놈이 미친놈이 되어, 불똥 하나가 돌개바람을 만나 태산을 태우고 마는 꼴이 되고 만다. 그래서 아무리 울화통이 터질 지경이라도 참는 쪽이 어른 노릇하는 법이다.

살다 보면 하루도 수없이 철없는 주둥이를 만나게 된다. 그럴 때마다 '개주둥이 닥쳐라.' 이 한 마디 화두를 마음속으로 중얼거리면 불끈했던 심술도 잠잠해진다.

# 물속의 달이다

"응물현형여수중월應物現形如水中月이다." '이것저것[物] 따라[應] 드러나고[現] 드러남은 [形] 물속의[水中] 달과[月] 같다[如].'는 말로, 임제 선사가 내놓은 화두이다.

하늘에 떠 있는 달을 봐야지 달을 가리키는 손가락을 볼 것 없다는 말이다. 참모습을 모르면서 이러니저러니 입방아를 찧는 일로 세상은 늘 어지럽고 어수선하다. 그래서 세 치 혀가 늘 탈을 낸다고 한다. 눈에 보이고 귀에 들리는 사물이란 그림자 같아서 가지에 달린 꽃만 보지 말고 꽃을 피운 나무 전체가 쏟은 안간힘을 헤아려 보라는 것이다. 그러면 함부로 꽃송이 하나를 두고 노닥거릴 수 없음을 깨달을 수 있다. 둥근 것이면 그 그림자도 따라서 둥글어지고, 모난 것이면 그 그림자도 따라서 모가 진다. 이처럼 드러난 것을 두고 그 속을 안다고 함부로 이렇다 저렇다 결단내지 말라. 세상에는 속도 모르면서 죽일 놈 살릴 놈 막말 하는 마녀 사냥이 빨랫줄에 걸린 빨래처럼 펄럭이는 경우가 허다하지 않은가. 수은 망울 같은 세상사를 두고 함부로 입질하는 사람은 낚시의 미늘을 몰라서 미끼를 먹거리로 알고 덜컥 문 물고기 꼴이 되기 쉽다.

# 금부처는 노(爐)를 지나지 못한다

"금불부도로金佛不度爐한다." '금불은[金佛] 용광로를[爐] 지나가지 못한다[不度].'는 말로, 조주 선사가 내놓은 화두이다.

금불金佛은 노爐를 지나지 못하고, 목불木佛은 불을 지나지 못하고, 이불泥佛은 물을 지나지 못하지만 참부처[眞佛]는 속에[內裏] 앉아 있다[坐]. 산사山寺 법당에 앉아 있는 불상을 믿지 말고 저마다 마음속에 본래부터 있던 부처를 믿으라는 말이다. 참선은 그 부처를 찾아내 목숨 걸고 끝까지 부처가 되는 길을 가는 것이다. 일상인도 그렇게 참선한다면 얼마나 좋겠는가?

일상인이 참선하기란 참으로 어려운 일이다. 하지만 내 마음속에 불성佛性이 있다고 믿고, 신성神性이 있다고 믿고, 천성天性이 있다고 믿는다면 그만큼 도량이 넓어져 의젓하고 너그럽고 어진 주인으로 세상을 마주할 수 있다. 왜 명상을 해야 하는가? 세파世波에 질질 끌려 종으로 살지 않고 당당한 주인으로 살기 위함이다. 자신의 마음을 옹색하게 내버려두면 참으로 불쌍한 사람이 되고 만다. 그러나 마음을 열어 온갖 꽁한 심술을 던져 버리고 용서하는 마음으로 돌아오면 누구나 왕王이 된다. 명상하면 그렇게 왕王이 된다.

# 무대 위의 꼭두각시

"간취붕두롱괴뢰看取棚頭弄傀儡하라." '무대〔棚〕에서〔頭〕 희롱당하는〔弄〕 꼭두각시를〔傀儡〕 보라〔看取〕.' 는 말로, 임제 선사가 내놓은 화두이다.

무대 위의 꼭두각시를 보라. 당겼다 놓았다 하는 것이 모두 보이지 않는 사람에게 달려 있다. 세상에는 생각보다 훨씬 많은 꼭두각시가 있다. 어쩌면 주인 노릇하는 사람보다 꼭두각시 노릇하는 허수아비가 더 많은지도 모른다. 왜 세상에 뜬소문이 난무하고 이런저런 얘기들이 떠돌겠는가. 남이 손을 들면 나도 들고, 남이 깨춤을 추면 나도 깨춤을 추며 유행이 멈추지 않는 세태를 보면 얼마나 많은 사람들이 꼭두각시처럼 살고 있는지 알 만하다. 남이 하는 대로 따라 사는 줄도 모르고 사는 사람도 꼭두각시이고, 남이 하니까 나도 따라한다는 사람 또한 꼭두각시이다. 남이 하는 말을 듣고 안다는 것은 남이 아는 것이지 내가 아는 것이 아니다. 진정 스스로 알아내 터득한 앎이어야 내가 아는 것이다. 그래서 꼭두각시의 눈을 두고 청맹과니라 한다. 두 눈을 뜨고서도 볼 것을 제대로 보지 않고 남들이 푸르다 하니 푸르게 보는 설익은 얼간이들이 세상에는 의외로 많다. 꼭두각시는 명상할 줄 모른다.

# 혀끝을 살펴라

"간취설두〔看取舌頭〕하라." '혀끝을〔舌頭〕 살펴라〔看取〕.'는 말로, 임제 선사가 내놓은 화두이다.

"옛 스님은〔古德〕 무엇을〔何〕 가지고〔以〕 표준을〔的〕 삼았는지요〔爲〕?"라는 물음에 "혀끝을〔舌頭〕 살펴라〔看取〕."고 했다. 누구의 혀끝일까? 묻는 자의 혀끝일까. 아니면 대답해 준 자의 혀끝일까? 함부로 주둥이를 놀려 묻는답시고 함부로 질문하지 말라는 말로 알아들으면 그 혀끝은 묻는 자의 것이 될 것이고, 남이 하는 말을 주워듣지 말라는 말로 들으면 대답하는 자의 혀끝이 될 것이다. 어찌 됐든 놀려대는 혀끝만 살피고 이렁구렁 넙죽대는 말을 두고 이렇다 저렇다 토 달지 말라는 것이다. 오죽하면 입이야 먹고 마시는 구멍이니 어쩔 수 없지만 허튼소리 지껄이는 주둥이라면 벽에 걸어 두고 나가라고 했겠는가? 가벼운 입은 없는 것이 낫다. 늘 세 치 혀가 탈을 내는 법이니 차라리 벙어리가 다행이라 하는 것 아니겠는가. 주절대는 혀끝만 살필 것이지, 덩달아 맞장구칠 것 없다. 입 다물 줄 아는 사람이 입술이 천근인 줄 안다. 그런 사람은 또 혀끝은 입술 속에 있어야 편한 줄 안다. 입을 열고 나불거릴수록 심란한 마음이 돌개바람을 일으킬 뿐이다.

# 높은 봉우리를 향하지 않는다

"불향고봉정不向高峰頂한다." '높은〔高〕 봉우리를〔峰頂〕 향하지 않는다〔不向〕.'는 말로, 조주 선사가 내놓은 화두이다.

높고〔高〕 험해〔險〕 오르기〔上〕 어려울〔難〕 때는〔時〕 어찌하느냐〔如何〕고 묻자 '높은 곳은 아예 쳐다보지도 않는다〔不向〕.'고 잘라 버린다. 정상을 정복하겠다는 불굴의 의지라는 것이 오히려 사람을 잡는 경우가 허다하다. 사람은 성취욕에 사로잡힌 동물인 까닭에 문화를 일구어 살지만 그 성취욕 탓에 단 하루도 피 말리는 삶을 피해 가기가 어렵다. 성취욕이 당나귀 눈앞에 매달린 당근과 같음을 깨우친다면 턱없이 성취욕을 부려 심신을 파김치로 절일 이유가 없을 것이다. 올라가지 못할 나무는 쳐다보지도 말라 했거늘 사람들은 사다리를 놓고 올라가면 된다고 허세를 부린다. 어디 나만 사다리를 만들어 올라가려 하겠는가? 너도나도 남몰래 사다리를 만들어 올라가려 속셈하고 흥정을 붙이면서 잔꾀 부리기를 서슴지 않는다. 못 먹는 감 찔러나 본다면서 간죽거리며 사촌이 논을 사면 배가 아프다고 아우성치는 세상에서 제 몫만 크게 챙기려 하니 하루도 편할 리가 없다. 봉우리만 넘보다 돌부리에 채여 넘어지면서도 길바닥을 볼 줄 모른다.

# 별비사(鼈鼻蛇)를 단속하라

"남산유일조별비사南山有一條鼈鼻蛇하니 여등제인절수호간汝等諸人切須好看하라." '남산에[南山] 한 마리[一條] 독사가[鼈鼻蛇] 있으니[有] 여러분[汝等諸人] 모두[切] 잘[好] 봐 두라[看].' 는 말로, 설봉 선사雪峰禪師가 내놓은 화두이다.

한 번 물리면 죽고 만다는 별비사가 어디 남산에만 있겠는가? 불가佛家에서 말하는 오만 번뇌가 별비사일 테니 따지고 보면 우리 마음속이 곧 별비사의 소굴인 셈이다. 그러니 마음마다 한 마리 별비사의 소굴이니 물리지 않게 마음을 잘 단속해 두라는 의미다. 선승도 이러할진대 하물며 생활인의 마음이야 오죽하겠는가. 하루에도 열두 번 죽고 산다는 말이 있지 않은가? 이는 온갖 잡생각들이 몸서리치게 한다는 말로, 마음속에서 꿈틀대는 온갖 잡생각이 마치 별비사로 둔갑하여 물고늘어지고 있다는 말이다. 이런 고달픈 살림살이를 벗어던지지 못하는 중생이 곧 생활인인데도 별비사 무서운 줄 모르고 그냥 살아간다. 별비사가 없는 줄 알고 청맹과니 노릇하느니 별비사 한 마리가 혓바닥을 날름거리며 먹잇감을 노리는 줄만 알아도 마음속에 우글거리는 잡생각을 몽둥이로 두들겨 패기를 마다하지 않을 것이다.

# 소 잡는 칼이라

"노승불용우도老僧不用牛刀한다." '노승은[老僧] 소 잡는 칼을[牛刀] 쓰지 않았다[不用].'는 말로, 조주 선사가 내놓은 화두이다.

무엇이[如何] 자기의[自家] 본本 마음짓[意]이냐[是]는 물음에 '불용우도不用牛刀'라고 딱 잘라 말하니 간담이 서늘하다. 까불지 마라. 호주머니 칼로도 네놈을 잡고도 남는다는 단언이니 그 앞에서 어쩌고저쩌고 주둥이 놀릴 놈이 없다. 창알머리가 없으면 구슬리고 달래 준다 한들 깨우칠 리가 없다. 차라리 겁을 주어 얼마나 못난 놈인지를 알아채게 하는 것이 낫다. 세상에는 섶을 지고 불 속으로 뛰어들겠노라 만용을 부리는 똘마니들이 많다. 그런 똘마니들은 그물질을 하여 한꺼번에 형틀에 얹어 놓고 곤장 몇 대만 쳐도 덕장에 놓인 동태처럼 얼어 버리고 만다. 그러니 소 잡는 칼을 내놓고 덤빌 테냐고 허세를 부리지 않는다. 소 잡는 칼을 쓰지 않는다고 한 마디만 질러도 세상을 움찔하게 하는 칼질이 된다. 번뇌 없이 사는 사람이라면 소 잡는 칼을 쓰지 않아도 너절한 것을 요절낼 수 있다. 잔꾀를 부리면서 잔챙이로 사는 인간은 칼 소리만 들어도 질겁할 터라 칼을 손에 쥐고 휘두를 것 없음을 명상해 보면 안다.

# 두 손에 떡 쥘 생각 말라

"공명미기조물석지功名美器造物惜之니 불여인전不與人全한다. '명성과[功名] 재능[美器] 그것을[之] 하늘이[造物] 아끼므로[惜] 한 사람에게[人] 둘 다[全] 주지 않는다[不與].' 는 말로, 백운수단 선사白雲守端禪師가 내놓은 화두이다.

'한 사람이[人] 그 두 가지를[之] 한사코[固] 탐하면[欲] 하늘은[天] 반드시[必] 그것을[之] 빼앗아간다[奪].' 이는 곧 두 손에 떡 쥘 생각 말라는 것이다. 하기야 이제는 백운 선사의 화두를 귀담아 들어줄 리가 없을 것이다. 재능이 있으면 명성이 저절로 따라오는 세상이 되었으니 말이다. 골프만 잘 쳐도 명성과 돈이 굴러들어오고, 축구 공 하나만 잘 차도 돈과 명예는 따 놓은 것이고, 입 놀리는 재주만 타고나도 역시 돈이 들어오니 명성과 돈은 재능 따라온다고 믿고 있을 것이다. 그러나 재주 하나만 믿고 명성을 팔고 다니면 결국 세상의 손가락질을 면하기 어렵다. 대중 앞에서 간 쓸개 다 빼 줘야 재주와 명성을 지킬 수 있고 인기도 잃지 않겠지만 그것이 더럽고 구차한 줄 당사자가 모를 리 없다. 환호하다가도 하룻밤 사이에 돌팔매질해 대는 변덕이 바로 인기라는 바람이니 여전히 화두는 참말이다.

# 치심(治心)과 치적(治迹)

"고지학자치심<sup>古之學者治心</sup>했고 금지학자치적<sup>今之學者治迹</sup>한다."

'옛날[古]의[之] 배우는[學] 이는[者] 마음을[心] 닦았고[治], 지금[今]의[之] 배우는[學] 이는[者] 업적을[迹] 닦는다[治].' 는 말로, 홍영소무 선사<sup>洪英邵武禪師</sup>가 내놓은 화두다.

소무 선사는 옛날 학자와 지금 학자는 하늘땅만큼 차이가 난다고 했다. 마음을 닦는 학자는 드러내려 하지 않는다. 남의 마음을 닦아 주는 것이 아니라 쉴새없이 자신의 마음을 닦기에 날 좀 보소 해야 할 까닭이 없다. 그러나 요새 학자는 마음속은 빨지 않은 걸레 같으면서 유능하다는 흔적을 남기기 위해 수컷 공작새처럼 꽁지를 뽑아들고 날 좀 봐 달라고 외치기를 마다하지 않는다. 소문난 잔치에 먹을 것 없다는 말처럼 껍질을 까고 알맹이를 들여다보면 주워모은 잡동사니로 그득해 걸핏하면 표절이니 모방이니 공방전이 벌어진다. 이런 꼴이다 보니 똥 묻은 개가 겨 묻은 개를 흉보는 일이 심심찮다. 마음을 닦아야 무엇이 근본

이고 말단인지 깨우칠 수 있고, 부끄러움 또한 알아챌 수 있다. 부끄러움을 모르면 뉘우칠 줄도 모른다. 그래서 저는 훔치면서 남이 훔치면 도둑으로 몬다.

# 변통(變通)이라

"선굉도자요재변통善宏道者要在變通이라." '도를[道] 잘[善] 넓힘[宏]이란[者] 반드시[要] 변화의[變] 사무침에[通] 있다[在].' 는 말로, 담당문준 선사湛堂文準禪師가 내놓은 화두이다.

문준 선사는 이 말과 함께 '변화를[變] 모르는[不知] 사람은[者] 글에[文] 묶이고[拘] 본받기에[敎] 얽매이고[執] 겉모양에[相] 맴돌고[滯] 감정에[情] 막혀[殢] 그때그때의[權] 변화를[變] 깨닫지 못한다[不達].' 고 했다. 명상이 선禪을 추종하는 것은 구문拘文을 털어 버리고 집교執敎를 물리치고 체상滯相을 부수고 체정殢情을 깨버려 마음을 천방으로 노닐게 하여 하염없이 노니는 즐거움을 누리게 하기 때문이다. 글에 묶이면 생각이 못질 당하고 만다. 본받기에 얽매이면 앵무새 노릇만 하고 만다. 겉모양에 맴돌면 속을 몰라 겉돌고 만다. 감정에 시달리면 미쳐 버리고 만다. 그래서 구문拘文─집교執敎─체상滯相─체정殢情 등을 벽창우의 쇠고집이라고 한다. 이런 쇠고집쟁이는 때에 따른 변화[權變]을 몰라 물이 흘러야 바다에 이른다는 것을 깨닫지 못한다. 이러한 까닭에 '도유정권道有正權' 이라는 하늘의 뜻을 어기고 험한 꼴을 당한다. '도에는[道] 권도와[權] 정도가[正] 있다[有].' 는 이치를 알면 변화를 즐긴다.

# 사람이 배라면 마음짓은 물이다

"인위주人爲舟이고 정위수情爲水이다." '사람은〔人〕 배와〔舟〕 같고 〔爲〕 마음짓은〔情〕 물과〔水〕 같다〔爲〕.' 는 말로, 황룡 선사黃龍禪師가 내놓은 화두이다.

인정人情이란 사람의 마음짓이다. 말 한 마디로 천 냥 빚을 갚을 수도 있고, 오뉴월 무서리 같은 원한을 지을 수도 있다 했다. 이는 곧 마음짓에 따라 행운이 될 수도 있고 불운이 될 수도 있다는 말이다. 말이란 마음짓이 드러남이니 말이 선善하면 마음짓도 선하고, 말이 독하면 마음짓도 악惡하다. 본디 선한 마음짓은 고요한 물길 같고, 악한 마음짓은 험악한 물길 같다. 그래서 '사람이 배라면 마음짓은 물이다.' 라는 화두를 귀담아 둔 사람이라면 배를 험악한 물길로 끌어가 침몰하게 할 리가 없다. 배는 물길 따라 가게 마련이다. 돛 바람을 실어야 함은 물길 따라 속히 가려는 사람의 욕심이지 돛이 배를 띄워 주는 것은 아니다. 물길이 순조로우면 배가 갈 곳을 찾을 수 있지만 물길이 사나우면 뱃길을 찾지 못해 길을 잃어 세찬 풍랑을 맞아 물속에 가라앉고 만다. 사람도 배와 같아 마음짓이 악하면 험악한 너울을 마주치게 된다.

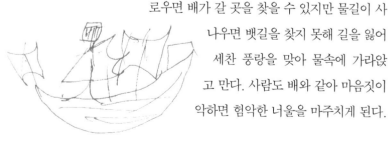

# 사구백비(四句百非)라

"장두백해두흑藏頭白海頭黑이라." '뛰는 놈 위에[藏頭白] 나는 놈 있다[海頭黑].'는 말로, 마조 선사馬祖禪師가 내놓은 화두이다.

한 스님이 사구백비四句百非를 떠난 선禪이 무엇이냐고 묻자 마조가 피곤해 말해 줄 수 없으니 지장知藏에게 가서 물어보라고 했다. 지장한테 가 물으니 어찌 회해懷海에게 묻지 않느냐고 한다. 회해에게 물었더니 나도 아직 그런 것을 모른다고 한다. 다시 마조에게로 가 있는 대로 일렀더니 "잘들 노는구나[藏頭白海頭黑]."라고 하는 것 아닌가. 그 스님은 흰 두건 쓴 산적[侯白]이 검은 두건 쓴 산적[侯黑]에게 당했던 고사故事를 알았을까? 알았다면 그는 창피해서 마조 앞에서 줄행랑을 쳤을 것이다.

한 여인과 함께 우물가에 있던 후흑侯黑에게 후백侯白이 무슨 일이냐고 묻자 후흑이 대답하기를, 이 여인이 우물에 비싼 귀고리를 빠뜨렸는데 건져 주면 한쪽을 주겠다 해서 망설이고 있다 했다. 이에 후백은 건지면 다 가지고 갈 터이니 여인을 잘 구슬러 달라 한 다음 옷을 홀랑 벗고 우물 속으로 들어갔다. 잠시 뒤에 나와 보니 두 연놈과 벗어 둔 옷가지는 흔적도 없고 후백만 우물 앞에 고개를 빼고 매달려 있었다. 본래 사기는 다른 사기꾼에게 통한다.

# 함부로 짐작하지 말라

"일체시중一切時中에 막란짐작莫亂斟酌하라." '어느 때든[一切時中] 함부로[亂] 짐작하지[斟酌] 말라[莫].' 는 말로, 임제 선사가 내놓은 화두이다. 알든[會與] 모르든[不會] 모두[都] 다[來] 그릇됨[錯]이다[是]라는 말로 짐작하지 말라는 까닭을 잘라 주고 있다. '내가 짐작컨대' 라고 입질하는 인간들 탓에 세상이 늘 흔들리고 어지럽다. 수근수근대면서 없는 일을 있는 것처럼 눙치고 저질러 놓고도 시치미를 떼는 짓이 줄지어 일어나 세상은 늘 뜬소문으로 득실거린다. 그러다 보니 누구든 심신心身이 고달파 몸서리치고 있다. 따지고 보면 지레 짐작 탓에 사서 걱정하고 고생하는 경우가 태반이다. 정성껏 일하면 그만인 것을 속셈부터 하고 요행을 바란다. 잘되기를 바라는 것도 짐작이요, 잘못 될라 조바심을 내는 것도 짐작이다. 그러니 할 일 다 했으면 그만이지 잘될까 못될까 짐작하고 앞질러 아등바등할 것 없다. 알아서 한다는 뻐김도 짐작한 그릇됨이고, 몰라서 못한다는 엄살도 짐작한 그릇됨이다. 세상에는 그림의 떡을 보고 김칫국부터 마시는 자들이 의외로 많다. 명상하면 온갖 짐작들이 봄눈 녹듯 사라진다.

# 침이나 핥아먹어라

"끼아체타喫我涕唾하라." '내[我] 침이나[涕唾] 핥아먹으라[喫].' 는 말로, 조주 선사가 내놓은 화두이다.

허튼소리 조잘거리면 '차나[茶] 마시고[喫] 가라[去].' 고 타이르지만 허튼소리에는 '내 침이나 핥아먹으라.' 며 단칼에 쳐 버린다. 조주는 말이면 다 되는 줄 알고 선무당이 칼춤 추듯 주둥이를 함부로 놀리는 사람의 낯짝을 짓밟아 버린다. 속으로는 망할 자식 하면서 겉으로는 씩 웃으면서 두루뭉수리처럼 구는 것은 난장판에서 하는 속임수일 뿐이다. 조주는 결코 그런 능청을 떨지 않는다. 조주는 밥 먹고 똥 싸고 오줌 누고 잠자는 일을 빼고는 늘 선정禪定에 들어 있다 보니, 오는 놈 가는 놈 가릴 것 없이 그의 거울 앞에서는 속내가 빤히 다 드러나고 만다. 점치러 가듯 조주 앞에 나서지 마라. 점쟁이는 복채를 노리고 말재주를 부리지만 조주 같은 선사는 죽일 놈이면 단칼에 죽이고 살릴 놈이면 입도 벙긋하지 않는다. '내 침이나 핥아라.' 이는 목을 치는 단칼이지 언어가 아니다. 세파世波를 헤치면서 살다 보면 '끼아체타喫我涕唾' 가 입 안에서 뱅뱅 돌 때가 많다. 하지만 어디 똥이 무서워 피하겠는가? 세파는 용서하면서 넘는다.

## 2. 침묵(沈默)의 길잡이

　명상冥想은 자치自治를 떠날 수 없다. 명상은 스스로 자신을[自] 다스리는[治] 바른 길이다. 그런 명상을 누리려면 침묵沈默의 문을 먼저 거쳐야 한다. 입으로 말소리 내는 명상은 없는 까닭이다. 그렇다고 명상이 말을 부정否定하는 것은 아니다. 오히려 명상은 제 자리로 들기 전 매우 치열하게 말해 보라 한다.

　명상은 불교의 묵조선默照禪을 많이 닮아 있다. 묵조默照의 묵默은 일체의 말[言句]을 떠나 버림이다. 본래 말이란 생각하고 가름하는 것이다. 어렵게 말하자면 사량분별思量分別을 없애 버림이 묵默이다. 그러니 침묵沈默이란 그 묵默에 빠지는 것이다. 강물에 들기 위해서는 먼저 강둑에 서야 하듯이 묵默에 들기 위해서는 묵언默言을 피할 수 없다. 묵언이란 내가 나에게 거는 말이다. 솔직히 말해 불교의 선禪도 화두를 걸치게 마련이다. '말해 보라[話]'를 강조하기 위해 '어조사 두頭'를 더해 화두라 한 것이다. 그러니 화두話頭의 화話는 자화自話의 줄임말인 셈이다. '스스로[自] 말해 보라[話].'가 참선參禪 전에 거치는 길목이다. 그 길목을 돌아서야 참선이 가능하다.

　생활인生活人의 명상冥想도 자화自話의 길목을 돌아서야 누릴 수 있다. 물론 선가의 선과 생활인의 명상은 동일한 것은 아니다. 선가의 선은 '나는 무엇인가?'를 깨우치기 위하여 무아無我를 말하지만 생활인의 명상은 '더 없는 휴식休息'을 누리기 위하여 무아를 말한다. 그래서 노자老子가 알려주는 '나는 자연이다'를 잘 새기면 남다른 침묵을 누릴 수 있다.

생활인의 명상은 먼저 침묵이라는 징검다리를 잘 건너야 명상점冥想點을 탄다. 그런 의미에서 침묵은 참으로 명상을 누리게 해 주는 더 없는 길잡이인 셈이다. 틀림없는 침묵의 길잡이를 만나고 싶다면 노자老子를 찾아가 귀소문하는 것이 제일이다.

# 아는 사람

"지자불언知者不言." 아는[知] 사람은[者] 말하지 않는다[不言].' 는 말로, 노자老子의 말씀이다.

하나를 알면 둘을 알아보는 사람일수록 입이 무겁다. 마당에 떨어진 진주 알을 보고 곡식 낱알인 줄 알고 주워 먹는 거위를 보았다가 도둑 누명을 쓴 선비가 있다. 몸이 묶여 거위와 함께 하룻밤을 보내면서도 그는 거위가 진주 알을 주워 먹었다고 말하지 않았다. 결국 그 진주는 하룻밤을 거쳐 거위가 똥을 싸자 그 속에서 나왔다. 민망해진 주인이 왜 거위가 먹었다는 말을 하지 않았느냐고 묻자 선비는 그랬더라면 저 거위의 배를 갈랐을 것 아니냐고 반문했다. 선비를 도둑으로 몰았던 주인은 입을 다물고 말았다.

만약 선비가 말을 했더라면 거위는 진주 알 탓에 목숨을 앗겼을 것이다. 참으로 아는 사람이 안다고 말하지 않는 까닭은 변하지 않는 것은 없다는 것을 알기 때문이다. 옳다고 하면 그르다고 하는 쪽이 있음을 안다면 함부로 안다고 말하지 않는다. 침묵沈默할수록 말수가 적어지고 세 치 혀가 탈을 내지 않는 법이다.

# 모르는 사람

"언자부지言者不知." '말하는[言] 사람은[者] 모른다[不知].'는 말로, 노자의 말씀이다.

　　이것은 이렇고 저것은 저렇다고 밝혀 말하는 사람일수록 이것은 이것인 줄만 알고 저것은 저것인 줄만 안다. 그래서 이 말 저 말로 말을 일삼는 사람은 말로써 말이 많아 세상을 어지럽게 한다. 나도 그런 사람에 속하지는 않는지 꼼꼼히 따져 보는 버릇이 배면 저절로 입이 무거워지고 말수가 적어진다. 그러면 세 치 혀 탓에 사는 일이 고달파지지 않는다. 그래서 현명한 사람은 가벼운 입을 가장 무섭게 여긴다. 마음은 빌수록 좋고 입은 무거울수록 좋다. 하나를 알면 둘을 아는 사람은 하나이니 둘이니 가름하려고 하지 않는다. 그저 입을 다물고 세상을 물길에 맡기듯 한다. 그러나 묵묵히 자신을 추스르기보다 함부로 입질하는 사람이 더 많다. 말 잘하는 사람이 사공을 맡으면 배가 뭍으로 올라가고 만다. 세 치 혀가 무서운 것이다. 그래서 하루하루 살아가는 데 '언자부지言者不知'라는 다언多言은 나를 늘 불안하게 한다. 침묵沈默해야 한다.

# 구멍과 문을 닫아라

"색기혈폐기문塞其穴閉其門." '아는 사람은 자신의[其] 구멍을[穴] 막고[塞] 자신의[其] 문을[門] 닫는다[閉].' 는 말로, 노자의 말씀이다.

사람의 몸에는 눈구멍, 입구멍, 콧구멍, 귓구멍, 똥구멍만 있는 것이 아니다. 살갗은 태어나면서부터 구멍 투성이다. 그래서 털구멍 땀구멍이라고 한다. 털 하나에 구멍이 하나씩이니 얼마나 많은가. 입과 코로만 숨질한다고 생각해서는 안 된다. 털구멍 하나하나가 모두 숨구멍이니 말이다. 노자의 '색기혈塞其穴 폐기문閉其門'을 이런 숨구멍을 틀어막으라는 말로 들어서는 안 된다. 숨구멍을 막거나[塞] 닫아 버리[閉]면 목숨을 버려야 하기 때문이다. 목숨을 죽이는 숨구멍이란 없다. 숨구멍은 목숨을 편하게 하는 숨결이 들고나는 길이다. 그러니 어찌 숨구멍을 막을 수 있겠는가.

왜 온갖 구멍을 막거나 닫으라고 했을까? 바깥 것들로 신경쓰지 말라 함이다. 내 밖에서 일어나는 온갖 일을 두고 곤두세우지 말라 함이다. 그러니 구멍이나 문을 막고 닫아 버리라 함은 참으로 편한 작전이다. 이 또한 하나의 침묵沈默이다.

# 입류(入流)를 끊고

자신의[其] 구멍을[穴] 막고[塞] 자신의[其] 문을[門] 닫는다[閉].

이는 입류入流를 끊어 버림을 말한다. 요새는 입류入流란 말이 거의 없어져 버렸다. 주관主觀과 객관客觀을 줄인 주객主客이라는 말을 잘 알 것이다. 주객主客은 'subject-object'를 번역한 조어造語다. 입류入流의 입入은 '나'를 말하고, 유流는 '나에게 다가오는 것들'을 말한다. 말하자면 입入은 주主인 셈이고, 유流는 객客인 셈이다. 그러니 '구멍을 막고 문을 닫아 버림'이란 유流가 들어오는 구멍[穴]을 막고 문門을 닫아 버림이다. 내 마음 밖에서 일어나는 모든 것들을 잘라 버려라. 그러면 마음속에 있는 것들이 오락가락할 것이다.

이런저런 생각, 기억, 오늘 하루 겪은 좋은 일, 궂은 일 등이 마음속에서 출렁거릴 것이다. 침묵이란 이런 출렁거림의 멀미를 겪은 뒤에야 맛볼 수 있는 아늑함이다. 침묵이란 스스로 택해 쉴 자리를 마련하는 둥지 같은 무풍 지대이다. 거기에는 입류入流의 흐름[流]이 없으니 이 또한 하나의 침묵沈默이다.

# 날을 세우지 말아야 한다

"좌기예挫其銳." '참으로 아는 사람은 자신의[其] 날을[銳] 지운다[挫].'는 말로, 노자의 말씀이다.

감각이 뛰어나야 좋다고 말한다. 감수성이 예민해야 남이 못하는 것을 할 수 있다고 야단이다. 잠시라도 긴장을 놓으면 경쟁력을 유지할 수 없다고 아우성이다. 날마다 줄타기 경기를 치러야 성공할 수 있다고 맞장구친다. 이처럼 지금 우리는 삶을 승부의 싸움터처럼 여기면서 패배해서는 안 되고, 반드시 이겨야 한다고 다짐하면서 날마다 삶의 숫돌에 삶을 갈고 있다. 얼마나 살벌한가. 삶을 갈아 날을 세울수록 마음도 타고 몸도 축난다. 세상이 어디 내 것인가. 세상은 어느 누구의 것도 아니다. 서로 당기면 팽팽해지고 놓으면 나긋해지는 것이 세상이라는 삶의 끈이다. 끈을 댕강댕강 잘라 버리겠다고 날을 세울수록 살기가 딱하고 숨이 막히는 법이다.

오늘 하루 얼마나 많은 날을 세웠는가? 얼마나 많이 잘라 보았는가? 잘 잘라서 이겼다고 생각하지 마라. 내일 질 수도 있다. 시퍼런 삶의 날을 지우고 긴 숨을 쉬라. 이 또한 하나의 침묵沈默이다.

# 포정(庖丁)의 칼질

요리사는 칼을 참으로 소중히 여기고 고이 간직한다. 먹거리를 맛있게 다듬으려면 칼이 잘 들어야 한다. 요리사는 칼질을 멋대로 하지 않는다. 훌륭한 요리사는 칼질을 할 때 마구잡이로 하지 않는다. 유능한 사공이 물길 따라 노를 젓듯이 먹거리의 결을 따라 칼질을 한다. 그래서 칼을 넣는다 하지 칼질한다고 하지 않는다. 먹거리의 결과 결 사이에 칼을 넣는다는 것이다.

사이란 틈이다. 틈은 빈곳이다. 그래서 칼질을 말할 때는 포정庖丁이라는 요리사를 들먹인다.

"처음 소를 잡을 때는 눈에 소밖에 보이지 않았습니다. 삼 년이 지나자 소는 눈에서 없어졌고, 이제는 정신으로 소를 봅니다. 자연을 따라 소의 생김새대로 뼈와 살 틈새를 따라 칼을 넣어 따라가기만 합니다. 털끝만큼도 뼈와 살을 벤 적이 없고, 십 년 쓴 칼이지만 한 번도 갈아 본 적이 없습니다." 이는 포정이 한 말이다. 칼날을 세울 까닭이 없다는 말이다. 이처럼 세상 물정을 참으로 아는 사람은 마음을 날카롭게 고누지 않고 날이 서려고 하면 무디게 한다. 이 또한 하나의 침묵沈默이다.

# 헷갈림을 풀어라

"해기분解其紛." '참으로 아는 사람은 자신의[其] 헷갈림을[紛] 푼다[解].'는 말로, 노자의 말씀이다.

일을 복잡하게 꼬이게 할수록 될 일도 안 되는 법이다. 그래서 어려운 일일수록 어렵게 하면 얽히고 설킨다고 한다. 헝클어진 실꾸리의 실을 풀려면 가장 먼저 실마리를 찾아내야 한다. 그렇게 하기 위해서는 실 꼬투리를 찾아야 한다. 실 꼬투리만 찾으면 얽히고 설킨 실꾸리에서 실을 풀 수 있다.

세상 물정을 참으로 아는 사람은 일이 꼬인다고 남을 탓하거나 원망하지 않는다. 오히려 꼬인 일에서 한 발 물러설 줄 안다. 올무에 걸린 멧돼지가 목이 막혀 죽는 까닭은 뒤로 물러설 줄 몰라서이다.

산속에만 올무나 덫이 있는 것은 아니다. 사람 사는 세상에도 얼마든지 덫이 있고 올무도 있고 함정도 있다. 그래서 세상사世上事 분분紛紛하다 하는 것이다. 어디가 어디인지 알 수 없게 헷갈리는 세상에서 한 발 물러나 되돌아보면 헷갈림을 풀어 갈 여유를 찾을 수 있다. 딱 한 발만 물러서서 이기려 들지 말고 한번 져 주어라. 이 또한 하나의 침묵沈默이다.

# 눈부시게 하려 하지 말라

"화기광和其光." '참으로 아는 사람은 자신의[其] 빛살을[光] 녹인다[和].' 는 말로, 노자의 말씀이다.

눈부시게 하려고 광낼 것 없다. 모난 돌이 정鉦 맞게 마련이다. 잘난 척할수록 못나진다. 어느 사람의 눈이 분부시게 하는 섬광閃光을 좋아하겠는가. 번쩍번쩍하는 섬광은 남의 눈을 멀게 하고 만다. 섬광을 빚어 내뽐내려는 심술은 세상의 손가락질을 면할 수 없다. 그래서 세상 물정을 잘 아는 사람일수록 비단옷을 입고서는 밤나들이를 하는 것이 속 편한 줄 안다. 하지만 설익은 인간은 명품名品을 걸쳤다고 설치면서 뽐낸다. 어디 겉치장뿐이겠는가. 하나 아는 것을 가지고 열을 아는 듯 남 앞에 서서 과시하는 인간일수록 속 빈 강정이다.

참으로 세상 물정을 아는 사람은 뽐낼 이유가 없음을 안다. 남들이 알아준다고 해서 대수로울 것 없다. 오히려 남들이 몰라주는 쪽이 살기가 편한 법이다. 그래서 번쩍거리게 빛살을 쏘지 말라는 것이다. 노자의 '화기광和其光'은 살얼음판 같은 세상에서 살얼음이 녹을세라 배려한다. 이 또한 하나의 침묵沈默이다.

# 유별나지 않게 하라

"동기진[同其塵]." '참으로 아는 사람은 자신의[其] 하찮음도[塵] 같이한다[同].' 는 말로, 노자의 말씀이다.

눈부시게 하려고 광낼 것 없다는 말과 같은 말이다. 한 얼굴인데도 콧등이 잘났으면 눈시울이 못났을 수 있다. 양귀비도 자세히 따지고 보면 못난 데가 있었을 것이다. 못난 것을 감추고 잘난 것을 드러내지 말라 함이 '화기광[和其光]'이라면, 잘난 데만 드러내지 말고 못난 데도 감추지 말라 함이 '동기진[同其塵]'이다. 그러니 감추고 숨기고 꾸며서 돋보이게 해야 한다면서 남달리 유별나야겠다고 아등바등할 까닭이 없다. 많은 돈을 들여 성형수술을 하여 예뻐졌다고 허세를 부리는 사람들은 늙어 가는 줄 모르고 깨춤을 추는 것과 같다.

어머니 뱃속에서 나온 그대로 감사하면서 사는 마음가짐이라면 제 얼굴 타령에 마음 상할 일이 없다. 그러나 요즘 세상은 남보다 잘나야 한다는 심술 탓에 한시도 마음 편히 살지 못한다. 그러나 세상 물정을 참으로 아는 사람은 남에게 과시하려고 결코 허세를 부리지 않는다. 이 또한 하나의 침묵[沈默]이다.

## 절묘한 하나

"아는 사람은 자신의[其] 구멍을[穴] 막고[塞], 자신의[其] 문을[門] 닫고[閉], 자신의[其] 날을[銳] 지우며[挫], 자신의[其] 헷갈림을[紛] 풀고[解], 자신의[其] 빛살을[光] 녹이며[和], 자신의[其] 하찮음도 [塵] 같이한다[同]."

노자는 이를 묶어 한 마디로 '현동玄同'이라 했다. 현동玄同. 이는 알래도 알 수 없는 하나[一]의 경지를 말한다. 다를 것 없이 다 같다는 말로 들어도 된다. 다르다 하면 시비是非가 일고 선악善惡이 생긴다. 하지만 같다 하면 옳고[是] 그름도[非] 대수로울 게 없다. 그러면 팽팽하던 마음결도 누그러진다. 착한 것[善]이 따로 있고 나쁜 것[惡]이 따로 있다 하면 심술이 속셈을 친다. 선善할 수도 있고 악惡할 수도 있다 하면 꽁했던 속셈도 풀린다. 그러니 마음은 변덕스러울 수도 있고 한결같을 수도 있다. 참으로 세상 물정을 아는 사람은 이랬다저랬다 변덕부리지 않는다. 그래서 참으로 아는 사람은 세상을 제 뜻대로 바라보지 않는다. 쥐구멍에도 볕들 날이 있다 했다. 이 얼마나 절묘한 하나[玄同]의 발견인가. 그러니 침묵하면서는 풀어야지 묶어서 갈래지어서는 안 된다.

# 편애(偏愛)를 버려라

침묵해 보면 누구나 현동玄同을 누릴 수 있다. 침묵의 세계에는 나밖에 없으므로 대적할 상대라곤 하나도 없으니 내가 곧 자연自然이 된다. 자연이란 편애偏愛할 것들이 없어져 버린 경지로 여기면 된다. 자연은 그 무엇도 차별하지 않는다. 그래서 자연에는 친소親疎도 없고 이해利害도 없고 귀천貴賤도 없다. 자연에서는 모래와 황금이 같다. 그러나 사람은 친소를 따져 내 편 네 편을 갈라 패를 지어 다툰다. 하지만 자연에는 친소가 없어 이 패 저 패 나누지 않고 온갖 것을 한패로 안을 뿐이다.

　자연에는 이해利害가 없어 더 주고 덜 주는 일이 없으니 쟁탈도 없다. 사람만이 이해를 따져 뺏고 빼앗기는 짓을 멈추지 않으면서 오로지 이득利得만을 편애偏愛한다. 또한 자연에는 귀천이 없으니 이 패 저 패 나누어 귀하고 천하고를 따지지도 않는다. 그러나 사람은 귀천을 나누어 오로지 귀貴만을 편애한다. 세상 물정을 참으로 아는 사람은 친소親疎-이해利害-귀천貴賤을 따져 편애하지 않는다. 침묵하면 자연스러워 더없이 홀가분해진다.

# 접고 싶다면 먼저 펴라

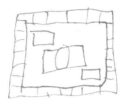

"욕흡지필고장지欲噏之必固張之." '그것을〔之〕접고〔噏〕싶다면〔欲〕반드시〔必〕먼저〔固〕그것을〔之〕펴라〔張〕.' 는 말로, 노자의 말씀이다.

종이 한 장을 구기지 않고 반듯하게 접기 위해서는 먼저 종이를 반듯하게 편 다음 모서리를 잘 맞춘 뒤에 접어야 한다. 노자는 이런 이치를 '장욕흡지將欲噏之면 필고장지必固張之하라.' 한 것이다. 그러니 종이를 접을 때는 접는 것이〔噏〕먼저가 아니라 펴는 것이〔張〕먼저인 셈이다. 활을 매는 사람은 처음부터 굽은 가지를 쓰지 않는다. 오히려 곧고 곧은 가지를 선택해 활을 맨다. 이 또한 종이 접기와 같은 이치이다. 접고 싶다면 먼저 펴는 이치인 것이다. 노자는 이런 이치를 '미명微明'이라고 밝혀 준다. 미묘한〔微〕밝음〔明〕은 번쩍 하는 섬광閃光이 아니다. 미명을 알기 위해서는 새벽을 떠올리면 된다. 명암明暗이 서로 바뀌는 줄 모르게 어둠이 밝음으로 돌아옴이 곧 새벽이다. 밤이 가면 낮이 오는 새벽은 참으로 미명이다. 즉 미명은 절묘한 변화를 말한다. 침묵하면서 접어 둘 일이 떠오를 때는 먼저 그 일을 펴라. 그러면 미명의 변화를 맛볼 수 있어서 순리대로 따라가게 된다.

## 약하게 하고 싶다면 먼저 강하게 하라

"욕약지필고강지欲弱之必固强之.' '그것을[之] 약하게 하고[弱] 싶다면[欲] 반드시[必] 먼저[固] 그것을[之] 강하게 하라[强].' 는 말로, 노자의 말씀이다.

길쌈하는 아낙은 부드럽고 질긴 옷감을 얻기 위해서는 먼저 실을 강하게 해야 한다는 것을 안다. 베틀에 걸린 길쌈은 날줄이든 씨줄이든 과실과실 빳빳해야 바디 새를 잘 꿰이고 북을 술술 들고나게 한다. 그래서 풀을 먹여 길쌈을 빳빳하고 강하게 하는 것이다. 그렇지 않고서는 부드러운 옷감을 얻을 수 없기 때문이다. 노자는 이런 이치를 '장욕약지將欲弱之면 필고강지必固强之하라.' 한 것이다. 그러니 부드러운 옷감에서 부드러움[弱]이 먼저가 아니라 강함[强]이 먼저인 셈이다. 반면에, 강하고 싶다면 먼저 약해야 한다. 흙벽을 쌓는 사람은 부드러워야 단단해짐을 안다. 흙을 반죽하지 않고 흙벽을 칠 수 없음을 알기 때문이다. 벽치는 일은 약강弱强의 어울림을 알아야 하고, 길쌈하는 일은 강약强弱의 어울림을 알아야 한다. 약하게 하고 싶다면 먼저 강하게 하고, 강하고 싶다면 먼저 약해야 한다는 이치이다. 노자는 이런 이치를 '미명微明'이라고 말해 준다.

## 폐하고 싶다면 먼저 흥하게 하라

"욕폐지필고흥지欲廢之必固興之." '그것을[之] 폐하고[廢] 싶다면[欲] 반드시[必] 먼저[固] 그것을[之] 흥하게 하라[興].' 는 말로, 노자의 말씀이다.

　이 말은 무슨 일이 있어도 폐색廢塞하지 말라 함이다. 짓밟혀 버림받음[閉塞]은 모질게 변하게 하는 짓이다. 지렁이도 밟으면 꿈틀한다. 폐하고 싶다면 차라리 흥하게 해 주라 함은 모진 짓을 하지 말라 함이다. 자연에는 모짊이 없다. 태풍이나 쓰나미가 일어 생명을 앗아 간다고 천지를 원망할 수는 없는 일이다. 태풍이나 쓰나미는 천지가 우리를 증오한 결과가 아니라 천지의 숨결이 요동치는 것뿐이다. 자연은 흥폐興廢를 하나로 보지 둘로 보지 않는다. 그래서 폐廢하면 흥興하고 흥하면 폐하는 길을 밟지 폐하기만 하거나 흥하게만 하지 않는다. 노자는 이런 이치를 '장욕폐지將欲廢之면 필고흥지必固興之하라.' 한 것이다. 그러니 무언가를 폐하고 싶다면 그 무엇을 먼저 흥하게 하라. 이것이 절로 폐해지는 길이다. 이는 원한을 품고 복수를 하기 위해 남을 폐하려 하지 말라 함이다. 억울하고 분하다고 해서 소중한 삶을 버릴 수는 없지 않은가. 그러니 내 삶을 축내지 말고 기운을 내라.

# 뺏고 싶다면 먼저 주라

"욕탈지필고여지欲奪之必固與之." '그것을[之] 뺏고 [奪] 싶다면[欲] 반드시[必] 먼저[固] 그것을[之] 주라[與].' 는 말로, 노자의 말씀이다.

무슨 일이 있어도 강탈强奪하지 말라. 강탈强奪하면 반드시 약탈掠奪이 뒤따른다. 뺏으면 반드시 뺏기게 마련이다. 왜 다툼과 싸움이 줄줄이 일어나는가? 너도 나도 빼앗으려고만 속셈하는 까닭이다. 그러다 보니 결과적으로 뺏기고 만다. 뺏기지 않으려면 먼저 주면 된다. 뺏으면 뺏기지만 주면 받게 된다. 뺏고 뺏기는 다툼을 벗어나 서로 도우려면 주고받기를 거듭하면 된다. 노자는 이런 이치를 '장욕탈지將欲奪之면 필고여지必固與之하라.' 한 것이다. 그러니 무엇인가를 뺏고 싶다면 무언가를 먼저 주면 된다. 그리하면 뺏고 싶었던 것을 얻을 수 있다. 남의 마음을 뺏고 싶다면 내 마음을 먼저 주면 된다. 그러면 닫고 있던 상대의 마음이 열린다. 상대가 나에게 마음을 열면 상대의 마음을 뺏은 것이다. 그렇게 하기 위해서는 내 마음을 먼저 열어야 한다. 내 마음을 먼저 주면 남의 마음을 절로 뺏을 수 있다.

# 부드러움이 강함을 이긴다

"유약승강강柔弱勝剛强." '부드럽고[柔] 연약한 것[弱]이 굳고[剛] 강한 것[强]을 이긴다[勝].' 는 말로, 노자의 말씀이다.

불길이 태산의 바위를 태워도 태산은 끄떡없다. 그러나 태산의 골짜기를 흘러가는 물길은 태산을 깎고 갉아 강물에 실어 바다로 실어 간다. 굳고 단단한 바위는 매서운 불길은 이겨내도 부드러운 물길은 이겨내지 못한다. 그래서 낙수가 바위를 뚫는다고 한다. 연약하고 부드러운 물방울이 굳고 단단한 바위를 뚫는 것이다. 이런 사실을 헤아리면 노자가 밝힌 '유약승강강柔弱勝剛强'을 흘려듣지 않을 것이다. 우격다짐으로 힘 하나 믿고 이기려고 덤비면 이길 것도 지고 만다. 거친 흙을 뚫고 돋아나는 부드러운 새싹을 보라. 새싹이 굳고 단단하다면 거친 흙덩어리에 짓눌리고 말 것이다. 한 가정에 갓난아이가 태어났다. 그 아이가 조용하면 집안이 조용하고 그 아이가 보채면 집안이 시끄럽다. 하지만 아이가 보챈다고 해서 회초리로 다스릴 수는 없다. 엄마의 가슴으로 안아 주어야 순해져 잠을 잔다. 이런 이치를 떠올리면 왜 연약하고 부드러운 것이 굳고 단단한 것을 이기는지 알 수 있을 것이다. 무쇠는 굳고 단단함을 고집하다 부러진다.

# 지(智)보다 명(明)이다

"지인자지자지자명知人者智自知者明." '남을〔人〕 아는〔知〕 것은〔者〕 슬기이고〔智〕, 자신을〔自〕 아는〔知〕 것은〔者〕 밝음이다〔明〕.' 라는 말로, 노자의 말씀이다.

유식有識할수록 무식無識하다는 말이 있다. 언뜻 들으면 말이 안 되는 것 같지만 곰곰이 새겨 보면 무슨 뜻인지 헤아릴 수 있을 것이다. 세상에는 남의 콧대를 들먹이면서 정작 제 코가 석자인 줄은 모르는 사람들이 참으로 많다. 열 길 물속은 들여다보자고 하면서도 한 길 제 속은 들여다보지 않는 것이다. 그래서 세상은 알기〔智〕를 앞세우고 밝기〔明〕를 앞세우지 않는다. 밝기를 외면한 알기만을 앞세우다 보면 세상은 영악해지고 뻔뻔해진다. 속임수가 늘어나 증거가 없으면 법도 무색해지고 말 것이다. 반면 자신을 알고 부끄러워할 줄 아는 명자明者는 참으로 드물다. 왜 우리는 침묵沈默하고 명상冥想하는가? 지자智者가 되기 위함만은 아니다. 명자明者가 되는 것과 더불어 지자智者가 되기 위해 침묵을 거쳐 명상의 둥지로 들어가려는 것이다. 침묵이 나를 알아내려는 마음의 눈길이라면 명상은 나를 밝혀 주는 등불이다. 그래서 명상보다 더 밝은 자명등自明燈은 없다고 한다.

# 역(力)보다 강(强)이다

"승인자력자승자강勝人者力自勝者强." '남을〔人〕 이기려는〔勝〕 것은〔者〕 힘이고〔力〕, 자신을〔自〕 이기는〔勝〕 것은〔者〕 굳셈이다〔强〕.' 라는 말로, 노자의 말씀이다.

'몹쓸 장사는 힘만 세다' 는 말이 있다. 그런데 세상에는 힘 하나만 믿고 세상 무서운 줄 모르고 날뛰는 사람들이 많다. 저돌猪突이란 말을 알 것이다. 올무에 걸린 멧돼지는 무조건 치닫다가 그만 목이 졸려 죽고 만다. 이처럼 저돌적인 인간들이 세상을 늘 시끄럽게 한다. 그런 자들은 제 성질을 이겨낼 굳셈이 없는 까닭에 날뛰는 자신이 힘에 미친 줄을 모른다. 모든 사람은 자신이 힘이 있기를 바란다. 그런데 자신을 이겨내는 굳셈〔强〕이 있고 남을 이겨내려는 힘〔力〕이 있음을 알아야 진정한 힘이 된다는 것은 모른다. 제 손에 든 칼이 제 목을 자르는 법이다. 세상에는 칼 하나만 믿고 설치다가 제 목에 칼을 맞는 일이 자주 일어난다. 이런 불상사는 굳셈이 없는 힘을 믿어 자초한 어리석음이다. 자명自明한 사람은 강력强力할 뿐 힘〔力〕 하나만을 믿지 않는다. 자명할수록 강强해진다. 그래서 침묵할수록 굳세져 험한 세상을 묵묵히 헤쳐 가는 힘〔力〕을 스스로 얻는다고 하는 것이다.

# 만족하면 된다

"지족자부知足者富." '만족할 줄[足] 아는[知] 사람이[者] 부자다[富].' 라는 말로, 노자의 말씀이다.

욕심을 비유해서 밑 빠진 독이라고 한다. 밑 빠진 독에는 아무리 물을 부어도 채워지지 않는다. 욕심은 이처럼 밑 빠진 독과 같아서 아무리 채워도 만족할 줄 모른다. 욕심이 목구멍까지 찼으면 살날이 끝난 것이나 다름없다. 목구멍이 차면 숨구멍이 막혔다는 말이다. 숨구멍이 막히면 제아무리 발버둥을 쳐도 살길이 없다. 그래서 천명을 누리기 위해서는 가장 먼저 욕심을 줄일 줄 알아야 한다. 욕심을 줄일 줄 아는 것을 일러 지족知足이라 한다. 굳셈[强]이란 무엇을 이겨내는 힘인가? 욕심을 이겨내는 힘이다. 굳센 사람은 제 욕망을 다스리는 힘을 발휘할 수 있다. 그래서 굳센 사람은 세상에 나아가 떳떳하고 당당해 넉넉하다.

진정한 부자는 재물의 양으로 따져지는 것이 아니다. 욕심을 다스리는 굳셈에 따라 진정한 부자가 정해진다. 그래서 부러움을 사는 부자가 있는가 하면 손가락질 받는 부자도 있는 것이다. 게걸스러운 거지 같은 졸부猝富는 천하에 비렁뱅이와 같다. 돈벌이도 만족할 줄 알아야 부자가 된다.

# 억지 부리지 말라

"천하신기불가위야[天下神器不可爲也]." '세상은[天下] 신비한[神] 그릇이라[器] 억지 부릴 수 없는 것[不可爲]이다[也].' 라는 말로, 노자의 말씀이다.

세상을 탓하는 사람을 두고 천치[天痴]라고 한다. 그보다 더한 바보는 세상에 없다는 말이다. 세상이 나를 위해서 있다고 믿는 것보다 더한 착각은 없다. 그래서 달걀로 바위 치는 짓일랑 하지 말라는 것이다. 노자의 '천하신기[天下神器]'라는 말을 늘 마음에 품고 산다면 지족[知足]의 텃밭을 가꾸면서 한평생 누릴 수 있을 것이다. 본래 욕심이란 세상을 내 것인 양 억지 부리는 데서 움트기 때문이다. 세상은 본래 내 뜻대로 되는 것이 아님을 깨닫는 순간 지족의 등불이 켜지고 자명등[自明燈]은 환하게 빛난다. 맡은 일을 정성껏 다하고 그 결과를 걱정하지 않고 믿는 것이 곧 자명등의 불빛이다. 그 불빛은 억지 부릴 수 없는 것[不可爲]을 잘 비춰 준다. 뜻을 이루는 사람일수록 억지 부릴 수 있는 것[可爲]보다 억지 부릴 수 없는 것[不可爲] 것을 더 좋아한다. 그렇게 하기 위해서는 절대 꼼수를 써서는 안 된다.

# 세상을 얕보지 마라

"위자패지[爲者敗之]." '억지 부리는[爲] 사람은[者] 패하고 만다[敗之].' 는 말로, 노자의 말씀이다.

만물 중에 오직 사람만이 세상을 얕보는 겁 없는 짓을 범한다. 그래서 노자는 사람의 짓[人爲]을 무섭게 나무란다. 천지는 사람을 위한 밥상이 아니라는 것이다. 그러나 사람은 그런 줄 알고 천하를 얕본다. 만물의 영장[靈長]이라고 으스대면서 천지를 인간의 보물 창고로 여기고 만물에 거침없이 해코지를 한다. 사람들이 왜 억지를 부리고 떼를 쓰겠는가. 내 마음대로 해 보겠다는 욕심 때문이다. 그러나 따지고 보면 도마뱀만도 못한 것이 인간이다. 도마뱀은 위기에 처하면 제 꼬리를 떼어 주고 줄행랑을 쳐서 소중한 목숨을 건질 줄 안다. 그러나 사람은 욕심을 내서 숨통이 조이고 막혀도 놓을 줄을 모른다. 이런 짓을 범해 놓고 어찌 편안한 마음을 누리겠는가. 조금만 생각하면 애달아 할 것 없음을 깨우칠 수 있는데 억지를 부리다 보니 달리 생각해 볼 틈을 잃어버린 것이다. 목이 탈수록 물을 벌컥벌컥 마시지 말라는 말이 있다. 생떼를 써서 되는 일은 하나도 없는 법이다.

# 세상은 잡아 둘 수 없다

"천하신기불가집야天下神器不可執也." '세상은〔天下〕 신비한〔神〕 그 릇이라〔器〕 잡아 둘 수 없다〔不可執〕.' 는 말로, 노자의 말씀이다.

세상이 제 손에 있다고 큰소리치는 놈은 천치天痴다. 그런 천 치 중에서 제일가는 치가 곧 진시황秦始皇이라 할 수 있다. 제 아 무리 황제라 한들 천하를 영원히 잡을 수는 없다. 불사약不死藥을 구하려고 발버둥쳐도 거미줄에 걸린 벌레 꼴을 면할 수 없는 것 이 모든 목숨이다. 왜 빈손으로 왔다 빈손으로 간다 했겠는가. 무 엇이든 붙잡고 늘어지면 추해진다. 부귀영화를 붙잡고 늘어지면 더욱 그러하다. 세상은 무엇이든 붙잡고 늘어지게 허락하지 않음 을 깨닫는다면 그만큼 삶을 홀가분하게 누리면서 세상의 너그러 움을 살 수 있을 것이다. 그래서 무엇이든 붙들고 죽기살기로 하 지 말라는 것이다. 하물며 남들도 다 탐하는 것을 저 혼자 손에 쥐려고 해서야 제 명에 살겠는가. 한사코 붙잡는 짓을 두고 탐욕 貪欲이라고 한다. 붙잡을 것이 없으면 탐욕은 저절로 사라지는 법이다. '불가집不可執'이 한 마디만 새겨들어도 인생은 절로 가벼워진다.

# 잡으려 들면 놓친다

"집자실지執著失之." '잡는〔執〕 사람은〔著〕 놓치고 만다〔失之〕.' 는 말로, 노자의 말씀이다.

세상에 가만히 있는 것은 하나도 없다. 길가의 돌멩이 역시 한순간도 그대로 있지 않는다. 이를 일러 생생生生이라 한다. 변하고 변하는 것〔生生〕을 어떻게 붙잡고 있겠는가. 그래서 붙잡으려고 하면 할수록 잃는 것이다. 부자富者 되었다는 타짜를 보았는가? 화투짝을 붙잡고는 모든 것을 잃어버릴 수밖에 없다. 어찌 놀음판에만 타짜가 있겠는가. 알고 보면 타짜 아닌 척하고 살기가 더 어려운 법이다. 우리는 날마다 손익損益을 따지면서 유리한 패를 쥐려고 애를 끓인다. 이는 마치 타짜가 제 손에 든 패를 가지고 용트림하는 꼴과 같다. 세상에는 제 손에 들린 화투짝 같은 것은 하나도 없다. 물로 손을 씻어야지 물을 손으로 움켜쥐려고 해서는 안 된다. 맨손으로 물을 움켜쥐려는 수작을 일러 '집자실지執著失之'라 한다. 세상의 온갖 일은 맨손이 움켜잡으려는 물방울과 같다. 그러니 탐난다고 무엇을 움켜쥐고 죽자 살자 할 것 없다. 그래서 놓아주거나 풀어주면 저절로 돌아와 호박이 넝쿨째 굴러들어 온다고 하는 것이다.

# 달아나고 따라오고

"범불혹행혹수凡物或行或隨." '무릇凡 사물은物 혹은或 달아나고行 혹은或 따라온다隨.' 는 말로, 노자의 말씀이다.

떨어져 나간다고 애태울 것 없다. 사물은 늘 역易을 타기 때문이다. 변함易을 행수行隨라고도 한다. 좋은 일이 생겼다고 좋아할 것도 없고, 나쁜 일이 닥쳤다고 동동거릴 것도 없다. 쥐구멍에도 볕 들 날이 있는 법이니 말이다.

떨어져 나가는 것이 있으면 보내 주고, 따라오는 것이 있으면 안아 주라. 좋으면 환영하고 싫으면 손사래 치지 말라는 것이다. 기쁜 일은 없고 슬픈 일만 닥친다고 원망하는 것은 코흘리개의 응석만도 못하다. 세상은 누구는 예쁘고 누구는 밉다고 점찍지 않는다. 그저 예쁜 일을 하면 예쁘다 하고 미운 일을 하면 밉다고 할 뿐이다. 오늘 좋아하다 내일 가서는 싫어하는 것이 세상이다.

여론이란 참으로 바람과 같다. 바람은 산들바람이든 돌개바람이든 늘 오다가다 한다. 사물事物은 따라오라 한다 해서 따르지 않고 가라고 한다 해서 가지 않는다. 그러니 만사를 코 끼워 끌고 갈 생각부터 버려라.

# 들이쉬고 내쉬고

"혹허혹취或歔或吹." '무릇 목숨은 혹은[或] 들이쉬고[歔] 혹은[或] 내쉰다[吹].' 는 말로, 노자의 말씀이다.

허歔는 들이쉬는 숨질이고, 취吹는 내쉬는 숨질이다. 이런 허취歔吹를 목숨이라 한다. 그 허취란 곧 생사生死의 사귐이다. 죽음[死]을 떠난 삶[生]은 없고, 생사가 헤어지면 목숨은 끝나고 만다. 그래서 허취가 생사를 하나로 묶어 준다고 한다. 죽음이란 무엇인가? 여래如來는 들어간 숨[歔]이 나오지 않는 것이라고 간명하게 말해 두었다. 들숨[歔]이 날숨[吹]이 되지 못하고 서로 헤어지면 죽음이 온다. 숨쉬지 않고 목숨을 누리는 것은 없다. 박테리아도 숨질을 해야 산다. 들숨 날숨을 일러 숨질의 행수行隨라고도 한다. 그래서 옛 사람들은 살아간다는 말을 함부로 입에 담지 않았다. 하루를 보냈으면 하루를 산 것이 아니라 그만큼 생生을 보내고 죽음[死]에 가까이 갔음을 알았기 때문이다. 살 날이 얼마나 남았느냐고 오두방정을 떨지 않은 것이다. 목숨이란 죽음을 앞에 두고 뒤따라가는 걸음걸음이다. 목숨이 걷는 걸음을 조심조심 삼가 살라.

# 굳세고 약하고

"혹강혹영或强或羸." '무릇 사물은 혹은[或] 굳세고[强] 혹은[或] 약하다[羸].' 는 말로, 노자의 말씀이다.

늘 굳센 것[强]도 없고 늘 약한 것[羸]도 없다는 뜻이다. 단단하고 딱딱한 것은 강强이고, 부드럽고 연약한 것은 영羸이다. 강强은 강剛과 같은 말이고, 영羸은 약弱과 같은 말이다. 부드럽다가도 단단해지고, 단단하다가도 연약해지는 것이 사물事物이다. 새싹은 얼마나 연약하고 부드러운가. 새싹은 가을이 되면 가랑잎이 되어 까칠하고 단단해졌다가 썩어서 흙으로 돌아간다. 갓난아이가 커서 어른이 되고, 나이가 들어 늙으면 부드럽던 살갗이 쭈그러들고 까칠해진다. 얼굴에 주름살이 호들갑이지만 한번 부드러웠던 얼굴이 한번 쭈그러드는 것뿐이다. 이 또한 역易이요, 행수行隨이다. 흘러가는 물길을 보아야지 멈춰서 고인 물을 탐해선 안 된다. 그러나 늘 강하기만을 바라고 아름답기만을 탐하다 보니 늘 조마조마 애간장을 끓이며 빨랫줄에 걸린 빨래처럼 대롱거리며 허덕인다. 하지만 한번 부드러웠으니 한번 딱딱해지고, 한번 팽팽했으니 한번 쭈그러드는 것이 자연스럽다고 받아들이면 애달프던 마음이 누그러진다.

# 이기고 무너지고

"혹재혹휴或載或隳." '무릇 사물은 혹은〔或〕 이기고〔載〕 혹은〔或〕 무너진다〔隳〕.'는 말로, 노자의 말씀이다.

늘 이기는 것〔載〕도 없고 늘 무너지는 것〔隳〕도 없다. 씨름에서 이긴 씨름꾼은 목마를 타고, 패한 씨름꾼은 모래판에 드러눕고 만다. 그러나 목마 타는 씨름꾼도 내일은 모래판에 누울 수 있다. 이겼다고 목마 타는 경우가 재載이고, 패하여 무너지는 경우가 휴隳이다. 승패勝敗와 재휴載隳는 병가兵家에만 있지 않다. 뭐든 올라가면 내려오게 되어 있다. 이 또한 역易이요, 행수行隨이다. 그래서 '새옹지마塞翁之馬'라는 말이 생긴 것이다.

흥망성쇠興亡盛衰를 눈으로 확인하고 싶다면 등락登落이 죽 끓 듯 하는 증권거래소에 가 보라. 오늘 이겼다고 해서 내일도 이길 것이라 믿어서는 안 된다. 이기고 지는 것이야말로 인생이라는 여정이다. 길흉吉凶은 어디에든 있게 마련이다. 길한 때가 있으 면 흉한 때도 있다. 그러니 괴롭더라도 땅을 치고 통곡할 것 없 다. 이겼으면〔載〕 한번 박수 치고 말 일이고, 졌으면〔隳〕 무너진 흙담 정도로 여기면 된다. 무너진 담은 다시 쌓으면 된다.

# 매서움을 버린다

"시이성인거심是以聖人去甚." '그래서〔是以〕 성인은〔聖人〕 매서움을〔甚〕 버린다〔去〕.'는 말로, 노자의 말씀이다.

　무릇 사물이란 행수行隨하고 허취歔吹하고 강영强羸하고 재휴載隳하는 까닭에 성인聖人은 어느 한쪽으로 치우지 않아 늘 편안한 마음으로 삶을 누린다. 하루에 한 번이라도 성인을 우러러 부러워하는 사람은 그렇지 않은 사람보다 삶의 참맛을 더 느낄 수 있다. 성인은 사물이 변한다는 것을 알기 때문에 한결같은 삶을 누린다. 누구나 그런 성인을 우러러 흉내내게 되면 아무리 슬픈 일이 생겨도 절망하지 않고, 아무리 기쁜 일이 생겨도 오두방정을 떨지 않는 든든한 마음을 간직할 수 있다.

　거심去甚은 할아버지가 손자를 귀여워하는 마음〔慈〕이다. 아들이 회초리로 손자의 종아리를 때리면 할아버지는 돌아서서 눈을 감는다. 눈물 흘리는 손자를 차마 볼 수 없어서다. 아들이 가고 나면 그제야 손자를 불러 안고는 매 맞은 종아리를 어루만지며 젖은 눈을 닦아 준다. 성인을 어렵게 생각할 것 없다. 손자가 안기는 할아버지 같은 분이 성인이다. 명상이란 인자한 마음으로 무르녹는 거심이다.

# 호사를 버린다

"시이성인거사是以聖人去奢." '그래서 성인은[聖人] 호사를[奢] 버린다[去].'는 말로, 노자의 말씀이다.

사람은 뱁새의 깃털은 추하다 하고 공작새의 깃털은 아름답다 한다. 그래서 공작새의 깃털은 부러워하고 뱁새의 깃털은 업신여긴다. 그러나 공작새는 뱁새를 업신여기지 않고 뱁새는 공작새를 부러워하지 않는다. 오직 사람만이 제멋대로 정해 놓고 미추美醜와 호오好惡를 따질 뿐이다. 이렇듯 미추와 호오를 따져 아름다움을 탐하고 좋은 것을 탐하는 마음이 사치품으로 몸단장을 하게 만든다. 그래서 사치奢侈는 추한 것은 가리고 싫은 것을 숨기는 짓으로 통한다. 성인聖人은 숨기는 짓을 못한다. 그래서 거짓을 알지 못한다. 성인의 마음은 갓난아이의 마음과 다를 바가 없다. 왜 성인을 자연自然이라 하는가? 갓난아이의 마음을 지녔기 때문이다. 그런 마음은 한번 아름다우면 한번 추해지는 것이 자연이니 자연을 어길 수 없음을 안다. 자연스러움을 따르면 사치를 버릴 수 있다. 그래서 거사去奢는 검소儉素와 같은 말이다. 명상이란 마음을 감싼 명품들을 홀랑 벗어 버리는 거사去奢이다.

# 교태를 버린다

"시이성인거태是以聖人去泰." '그래서[是以] 성인은[聖人] 교태를[泰] 버린다[去].' 는 말로, 노자의 말씀이다.

어디서나 난사람은 꼴사납다. 남 앞에 나서서 척하는 사람치고 든사람이 없다. 입이 가벼운 사람은 인생의 강물에 빠지면 익사하지만 입이 무거운 사람은 인생의 강물에 빠져도 살아난다. 참으로 묘한 것이 인생이라는 항해임을 느낄 수 있다. 그래서 든사람은 난사람과 달리 감히 앞서기를 무서워한다. 남보다 잘났다고 외치는 사람은 밀림 속에 숨어 있는 승냥이 떼를 몰라서 교태驕泰를 부리는 것이다. 교태를 일삼는 인간은 교만하고 무례하면서도 버릇없고 잘난 척한다. 세상에는 낯가죽이 쇠가죽 같은 인간이 의외로 많다. 그런 인간은 마치 난리통에 완장 찬 놈처럼 세상 무서운 줄 모르고 겁 없이 날뛴다. 주인 앞에서는 꼬리 내린 개가 거지를 만나면 물어 버린다 한다. 그래서 세상은 늘 깨진 유리 조각들로 범벅된 골목과 같다. 그런 험한 길을 벗어나려면 거태去泰가 제일이다. 거태去泰는 겸손謙遜과 같은 말이다. 명상이라는 교로로 얼룩질세라 두려워 빨래터로 마음을 데려간다. 그래서 명상은 세심洗心 터가 된다.

# 3. 천방(天放)의 길잡이


명상冥想은 자치自治를 떠날 수 없다. 명상은 스스로 자신을〔自〕 다스리는〔治〕 바른 길이다. 그런 명상이라야 온갖 제약을 떠나버린 자유를 누리게 한다. 그런 누림을 즐길 터를 일러 천방天放이라 불러도 된다.

천방은 우주宇宙를 한 자리로 하는 자유이다. 무엇 하나 걸림이 없어 한없는 자유, 그것이 바로 천방이다. 인간이 개발했다고 자랑하는 문명文明이란 철조망이 촘촘한 우리에 불과하다. 그런 우리 안에서의 자유는 철저히 조건부로만 가능할 뿐이다. 어떠한 조건이라도 걸치면 천방이 아니다. 무조건적인 자유가 천방이다. 명상은 그런 천방을 닮았다. 그렇지 않으면 명상은 자명등自明燈이 될 수 없다. 명상이라는 자명등은 외부로부터 기름을 공급받지 않는다. 내 마음이 곧 기름이 되고 내 마음이 곧 성냥이 되어 내 마음이 불꽃을 붙이기 때문이다.

명상의 자명등에 불을 붙이는 데는 외부의 도움이 조금도 필요 없다. 그래야 명상은 무조건 자유를 보장받을 수 있다. 명상은 나 스스로 즐겁게 하는 양생養生이다. 울타리를 쳐 놓고 방목放牧한다는 목장牧場의 목축牧畜은 결국 감옥 안에서 기르는 것이지 진정 자유로운 양생은 아니다. 명상은 오직 나를 위해 나 스스로 하는 양생이다. 명상해 보면 내 마음이 곧 우주라는 말을 실감할 수 있다. 내 마음보다 더 큰 것도 없고, 내 마음보다 더 작은 것도 없음을 체험할 수 있는 까닭이다.

명상은 마음의 유무有無를 실감하게 한다. 내가 욕심을 내면 명상을 떠난 셈이고, 내가 욕심을 버리면 명상을 누린다는 말이다. 낮에 욕심을 냈다 해도 잠들기 전 30분 정도 욕심을 버릴 수도 있는 일이다. 욕심을 내면 마음의 유有이고 욕심을 버리면 마음의 무無이다. 명상은 이 무無를 누려 심신을 건강하게 한다. 마음은 '블랙홀black hole'이나 '빅뱅big bang'을 걸림 없이 넘나들 수 있다. 마음은 욕망을 빨아들이는 블랙홀도 되고 욕망을 폭발시켜 팽창시키는 빅뱅도 되기 때문이다. 마음의 유有가 일상에서 빅뱅 같다면 마음의 무無는 블랙홀과 같다. 마음의 빅뱅은 부자유不自由로 팽창한다. 명상은 그 팽창을 빨아들여 고요의 무無로 돌아가게 한다. 고요의 무無로 돌아가는 길을 찾아가는 데 있어 장자莊子의 이야기가 들려주는 '천방天放'보다 더 좋은 셀파Sherpa는 없다.

# 곤(鯤)이 붕(鵬)이 되었다

"북쪽 바다에 곤(鯤)이라는 물고기가 있었다. 크기가 몇천 리나 되어서 그 크기를 아무도 몰랐다. 그 곤이 변해서 붕(鵬)이라는 새가 되었다. 바다의 기운이 움직여 큰 바람이 일면 붕은 남쪽 바다로 날아갔다. 날개의 길이가 몇천 리에 뻗어 마치 하늘 그득한 구름 같았다. 붕이 날면 삼천 리에 파도가 일고, 회오리바람을 타고 오르면 구만 리나 올랐다."

《장자(莊子)》〈소요유(逍遙遊)〉편에 나오는 이야기이다. 붕(鵬)이라도 천방(天放)을 누리지는 못한다. 붕 홀로 구만 리 장천을 날아 남쪽 바다로 날아가는 것이 아니니 말이다. 바다가 제공해 주는 대풍(大風)이 불지 않으면 붕은 꼼짝 없이 대풍이 일기를 기다려야 한다. 바다의 도움을 빌어야 한다는 말이다. 아무리 붕이 크다 해도 대풍이 없으면 산들바람에도 쉽게 날아오르는 콩새보다도 못한 것이다. 그러나 명상하는 마음은 붕보다 더 큰 날개를 펴고 바람 한 점 없어도 홀로 훨훨 날아올라 마음대로 노닐며 세상살이 잡동사니로 무겁기만 한 짐 보따리를 벗어 던지고 천방(天放)을 누린다. 그래서 명상하면 큰 바람이 없어도 장천(長天)을 나는 붕이 된다.

# 나를 잊었다

"'몸은 고자배기처럼 되고 마음은 불꺼진 채처럼 될 수 있습니까? 앉아 있는 모습이 옛날 같지 않고 자기를 잃은 듯합니다.' 안성자유顔成子游가 이렇게 묻자 남곽자기南郭子綦가 대답했다. '참 잘 물었구나! 지금 나는 나를 잊었네. 자네는 그걸 알겠는가? 자네는 사람의 퉁소 소리를 들었겠지. 그러나 아직 땅의 퉁소 소리는 못 들었겠지. 자네가 땅의 퉁소 소리를 들었다 해도 아직 하늘의 퉁소 소리는 못 들었을 거야.'"

《장자》의 〈제물론齊物論〉편에 나오는 이야기이다. 낮에 불타는 장작개비처럼 삶을 위해 몸부림치고 밤이 되어서는 불 꺼진 재처럼 마음을 쉬고 싶어하는 사람이라면 남곽자기의 말을 어느 정도 알아들을 수 있을 것이다. '나는[吾] 나를[我] 잊었다[喪].' 이 한 마디를 귀담아 들을 수 있다면 명상을 하면 어찌하여 마음이 건강해지는지를 알 수 있다. 욕欲이 생긴 마음은 저절로 불길처럼 타오른다. 욕欲이란 무엇을 한사코 가지려는 바람이다. 욕망으로 낮을 보냈거든 잠들기 전 10분만이라도 '오상아吾喪我'를 누려 보라. 그리하면 내일을 위해 마음이 불 꺼진 재처럼 될 수 있다. 낮일을 접고 마음에서 넥타이를 풀어라.

# 마음에 붙은 빨판들

"기쁨[喜]과 노여움[怒], 슬픔[哀]과 즐거움[樂], 걱정[慮]과 한탄[嘆], 변덕과[變] 우김[慹], 아양[姚]과 빈둥거림[佚], 일깨움[啓]과 꾸밈[態]이 피리 소리가[樂] 빔에서[虛] 나오고[出], 덥기가[蒸] 버섯을[菌] 일구듯[成] 밤낮으로[日夜] 눈앞[前]에서[乎] 서로[相] 잇지[代]. 그러나[而] 그것들이[其] 움트는[萌] 곳을[所] 알 길이[知] 없다[莫]."

《장자》의 〈제물론齊物論〉편에 나오는 느낌에 관한 이야기이다. 희로喜怒─애락哀樂─여탄慮嘆─변접變慹─요일姚佚─계태啓態 이 열두 가지 느낌이 마음을 불타는 장작개비로 만드는 요인이요, 마음에 붙은 빨판이다. 이 빨판은 욕심의 딱풀과 같아서 마음이 원하는 것을 문어 다리의 그것처럼 골라 붙잡는다. 그러나 바라는 것을 붙잡고 놓지 못해 신경을 곤두세우고 하루를 시달리다 결국 파김치가 되고 만다. 그러다 보니 사는 일이 무겁기 짝이 없는 등짐이 된다. 온갖 느낌들이 덕지덕지 붙은 일들을 마음에 담고 잠자리에 들면 악몽에 시달릴 수밖에 없다. 그래서 마음에 붙은 열두 가지 빨판을 떼어내기 위해 반가부좌하고 천천히 숨질하며 허공에 명상점冥想點을 잡고 쉬는 것이다.

# 성인(聖人)을 뇌이면서

"성인은[聖人] 도모하지 않는데[不謀] 어찌[惡] 지식을[知] 쓰고[用], 깎아 내지 않는데[不斲] 어찌[惡] 갓풀을[膠] 쓰며[用], 잃을 것이[喪] 없는데[無] 어찌[惡] 선심을[德] 쓰고[用], 사고 팔지 않는데[不貨] 어찌[惡] 잇속을[商] 차리겠는가[用]?"

《장자》의 〈덕충부德充符〉 편에 나오는 성인聖人의 이야기이다. 불모不謀 – 불착不斲 – 무상無喪 – 불화不貨 이 네 가지를 천륙天鬻 때문이라고 한다. 천륙이란 모유母乳를 떠올리면 된다. 하늘의[天] 죽[鬻]은 하늘이 먹여 준다는 말이다. 천륙을 천사天食라고도 한다. 하늘이 먹여 주는 밥이 천사인 것이다. 오염되지 않아 몸에 해롭지 않은 먹거리를 모두 천륙이라고 한다. 마음에 해롭지 않은 천륙을 한 마디로 무無 또는 허虛라고 한다. 그래서 무심無心은 천륙이다. 무심은 무욕無欲이라는 말이다. 욕심 없음을 일러 무심이라 한다. 무심은 무아無我이다. 욕심이 없는 사람이 성인聖人이다. 무아의 순간만은 나도 성인이 될 수 있다. 무아가 되는 방책이 곧 불모不謀 – 불착不斲 – 무상無喪 – 불화不貨이다.

# 좌망(坐忘)을 누리면

"'저는 좌망坐忘하게 되었습니다.' '무엇을 좌망이라 하느냐?' '손발[枝] 몸통을[體] 잊고[墮] 듣고[聰] 봄을[明] 물리쳐[黜] 드러나는 것을[形] 떠나[離] 앎을[知] 버리면[去] 자연[大通]과[於] 하나가 됩니다[同]. 이를 좌망坐忘이라 합니다.' '대통大通과 하나 되면 좋다 싫다가 없어지고, 변하면 하나만 고집하지 않는다. 너는 참 훌륭하구나!'"

《장자》의 〈대종사大宗師〉 편에 나오는 이야기로, 도가道家 쪽에서 유가儒家를 비웃기 위해 지어낸 유명한 우화寓話이다. 무엇을 좌망이라 하느냐는 공자孔子의 물음에 공자가 가장 아끼던 제자인 안연顏淵이 대답하는 이야기로 꾸며져 있다. 유가에서 보면 펄쩍 뛸 일이지만 우스갯소리에 시비를 걸 수도 없으니 답답할 것이다. 유가에서는 무아無我라는 말을 매우 싫어한다. 무아로는 출세할 수 없기 때문이다. 세상에 이름을 드날리기 위해서는 청운의 꿈을 버릴 수 없다. 그런데 좌망은 그런 꿈을 접고 온갖 시름을 다 털어 버리고 홀가분하게 나무도 되고 새도 되고 풀벌레도 되는 듯 완전한 자유인 천방天放을 누리며 살아가는 즐거운 일이다. 그런즉 좌망이나 명상이나 한 길이다.

## 소[牛]라 부르면 소라 여긴다

"어제 당신이 나를 소라고 불렀으면 나는 나를 소라 여겼을 것이고, 나를 말이라 불렀으면 나는 나를 말이라고 여겼겠지요. 정말로 그런 일이 나에게 벌어졌는데 내가 받아 주지 않으면 다른 재앙이 생기지요."

《장자》의 〈천도天道〉 편에 나오는 순종順從의 이야기이다. 노자가 다시 찾아온 사성기士成綺를 타일러 준 말이다. 사성기는 노자를 성인聖人으로 여기고 먼 길을 마다 않고 찾아와 만났다. 그런데 성인이라는 자를 보니 보잘것없고 초라한 것 아닌가. 그 모습에 실망한 사성기는 노자를 향해 "당신은 성인이 아니군요."라는 말을 남기고 돌아갔다. 그런데 핀잔을 받고도 아무런 내색이 없는 노자의 모습이 뇌리에서 떠나지 않았다. 결국 다음 날, 사성기는 노자를 다시 찾아가 "어제는 내가 당신을 헐뜯었습니다. 지금은 그 잘못을 깨달았습니다. 왜일까요?" 하고 물었다. 그 말에 노자가 위와 같이 답한 것이다. 헐뜯는 사성기를 향해 노자가 맞장구를 쳤더라면 사성기와 같은 또래의 인간이었을 것이다. 성인聖人은 모든 사람을 손자처럼 여기기 때문에 미운 놈, 고운 놈이 따로 없다. 할아버지의 수염을 뽑을 수 있는 것은 손자뿐이다. 버르장머리가 있니 없니 싸울 것이 없다.

## 시비(是非)를 떠나면 편안하다

"가을 짐승의 털끝보다 더 큰 것은 없고, 태산보다 작은 것은 없다. 어려서 죽은 아이보다 오래 산 자는 없고, 칠백 갑자를 산 팽조彭祖는 요절했다. 하늘땅이[天地] 나[我]와[與] 더불어[並] 살고[生], 온갖 것이[萬物] 나[我]와[與] 하나가[一] 된다[爲]."

《장자》의 〈제물론齊物論〉 편에 나오는 위일爲一의 이야기이다. 길고 짧은지 대 보자는 사람과 입씨름을 하면 반드시 멱살잡이로 이어지고 만다. 세상이란 온갖 시비와 차별의 그물로 쳐져 있어서 살다 보면 시비를 피할 길이 없다. 시비를 마주하여 피하지 않고 맞받아 치겠다고 다짐하는 사람은 도마 위에 오르는 생선 꼴이 되기 쉽다. 회칼을 이겨낼 생선은 없다. 시비 가림이란 회칼로 회를 떠 보자는 것과 같다. 그러나 세상 일에는 회를 쳐서 될 일이란 없다. 시비가 붙을 지경이라면 한 발 물러서서 속으로 "가을 짐승의 털끝이 크고 태산이 작지. 죽은 갓난아이가 장수했고 칠백 갑자를 산 팽조는 요절했지."라고 중얼거려 보라. 그 순간 시비할 생각이 싹 가실 것이다. 시비를 뒤집어볼 줄 알면 가시밭길 같은 세상을 걷는다 해도 찔리지 않는다. 시비를 둘[二]로 보지 않고 하나[一]로 여기면 정말 별것 아니다.

# 패거리 짓지 말라

"샘물이 말라 메마른 땅에 서로 엉켜 숨질로 습기를 더해 주고 거품으로 서로 적셔 준들 강이나 호수에서 서로 모르고 사는 것만 못하고, 요堯 임금을 성군이라 칭송하고 걸桀을 폭군이라 비난하는 것은 둘 다 잊어버리고 자연과 하나되는 것만 못하다."

《장자》의 〈대종사大宗師〉 편에 나오는 유명한 이야기이다. 낮에 속상한 일을 마음속에 담아둘수록 나무 등걸에 박힌 쇠못처럼 속을 썩인다. 마음속에 박힌 쇠못은 스스로 뽑아야지 남이 뽑아 줄 수 없다. 사람들은 이 패 저 패 패를 지어 다투기를 일삼아 승패를 가르자고 아우성을 친다. 그래서 모이면 살고 흩어지면 죽는다고 단결을 호소하며, 손은 안으로 굽는다고 동료애를 강조한다. 그러다 보면 메마른 웅덩이에 오글오글 모여 있는 올챙이처럼 보일 때가 허다하다. 이 패가 불이익을 당할 수 없다고 핏대를 올리면, 저 패도 불이익을 당할 수 없다면서 삿대질을 한다. 그러니 어찌 싸움질이 멈춰지겠는가. 사람들은 날마다 무언가를 두고 패를 갈라 이익 다툼을 일삼는다. 패거리 다툼에서 한 발만 물러나면 물속에 든 물고기처럼 편할 수 있다.

# 구멍 내지 말라

"남해의 임금을 숙儵, 북해의 임금을 홀忽, 중앙의 임금을 혼돈混沌이라 한다. 숙儵과 홀忽이 혼돈混沌의 집에서 융숭한 대접을 받고는 은혜를 갚을 방법을 의논했다. '사람에게는 일곱 구멍이 있어서 보고 듣고 먹고 숨질하는데 혼돈에게는 그 구멍이 없다. 시험삼아 구멍을 뚫어 주자.' 그래서 날마다 한 개씩 구멍을 뚫어 주었는데 7일이 지나자 혼돈은 죽고 말았다."

《장자》의 〈응제왕應帝王〉 편에 나오는 혼돈混沌의 이야기이다. 긁어 부스럼 내지 말라는 것이다. 그런데 인간은 한사코 긁어 부스럼내기를 일삼다 탈을 낸다. 본래 자연에는 길흉吉凶이 없다. 장미꽃을 좋다 하고 장미 가시를 싫다 하는 것은 사람의 짓일 뿐이다. 혹 떼려다 혹 붙이는 일도 매양 같다. 그냥 그대로 가만히 있거나 그냥 두면 될 것을 공연히 손대서 어그러지게 하는 일들이 많다. 이는 모두 사람의 용심用心 탓에 빚어지는 탈이다. 본래 자연은 탈을 내지 않는다. 오직 인위人爲가 탈을 낸다. 도랑 치고 가재 잡는다고 떵떵거리다 칠팔 월 홍수에 둑이 무너져 한해 농사를 망친다. 어깃장을 놓고선 잘했다고 뽐내는 사람들이 많아 탈이다.

# 가시나무 위의 원숭이

"원숭이가 녹나무나 가래나무 가지를 잡고 호들갑을 떨면 아무리 몽룡 같은 명사수라 해도 겨냥할 수가 없다. 그러나 원숭이가 산뽕나무나 가시나무, 탱자나무 사이에 올랐을 때는 아슬아슬 걷고 이리저리 두리번거리며 두려워 부들부들 떤다. 이는 원숭이의 힘줄이나 뼈가 위급해서 부드러움을 잃은 것이 아니라 있는 곳이 불편해서 제 기능을 다 발휘하지 못한 까닭이다."

《장자》의 〈산목山木〉 편에 나오는 상황狀況의 이야기이다. 원숭이도 나무에서 떨어진다고 변명하는 경우가 있다. 원숭이도 나무 위에서 꼼짝 못하는 경우가 있다는 사실을 알아두는 것이 좋다. 원숭이도 가시나무인 줄 모르고 가시나무에 올랐다가 오도가도 못하는 경우가 있다. 원숭이가 나무 타는 재주를 마음껏 부릴 수 있는 것은 나무가 허락해 주는 까닭이다. 사람도 형편 따라 앉기도 하고 서기도 해야 한다. 앉을 자리, 설 자리를 모르고 설치면 세상 눈총을 받거나 손가락질을 당할 수밖에 없다. 세상 물정 모르고 오두방정 떨다가 날개를 꺾인 인간들을 보면 가시나무에 올라간 원숭이 꼴과 다를 바가 없다는 생각이 든다. 그래서 돌다리도 두들겨 본 뒤에 건너가라는 것이다.

# 마땅해야 하거늘

"해조海鳥가 서울 교외에 앉았다. 임금은 이 새를 맞이하여 종묘에 모시고 술을 마시게 하고 구소九韶의 악樂을 연주하고 소고기, 돼지고기, 양고기 등으로 대접했다. 새는 눈이 아찔해져서 걱정하고 슬퍼하다 술 한 모금, 고기 한 점 먹지 않다가 사흘 만에 죽고 말았다."

《장자》의 〈지락至樂〉 편에 나오는 인위人爲의 이야기이다. 날아온 새를 길조吉鳥로 여긴다면 그 새가 원하는 대로 날게 하거나 앉게 하거나 내버려두면 된다. 새를 사람 대하듯 한다고 해서 새를 보양保養하는 것은 아니다. 사람은 사람대로 살고 새는 새대로 살아야 스스로 만족한다. 그러나 사람은 제 뜻대로 억지를 부려야 직성이 풀리는 오기를 부린다. 애완견愛玩犬을 보라. 옷을 입히고 털에 염색을 해 주고 목걸이를 달아서는 안고 다닌다. 그것은 이미 개가 아니다. 개를 노리갯감으로 여기면서 가족처럼 생각한다고 호들갑을 떠는 것이다. 개에게는 비싼 수입 사료를 먹이면서 정작 주인은 라면으로 때워도 좋다고 호언하기도 한다. 이쯤 되면 종묘에 모셨다는 해조海鳥와 하나도 다를 것이 없다. 개의 개성을 잃어버린 것이다. 마땅치 못한 짓을 범하면서 떵떵거리면 안 된다.

# 자연이라, 문명이라

"하백河伯이 물었다. '자연[天]은 무엇이고 문명[人]은 무엇이지요?' 북해약北海若이 대답했다. '마소牛馬의 네 발[四足] 이것[是]을 자연[天]이라 하고[謂], 말머리[馬首]의 고삐[絡]와 소코[牛鼻]를 뚫음[穿] 이것[是]을 문명[人]이라 하오[謂].'"

《장자》의 〈추수秋水〉 편에 나오는 자연自然과 인위人爲에 관한 이야기이다. 하백河伯은 황하黃河의 신神이고, 북해약北海若은 황해黃海의 신神이다. 하늘 천天을 자연으로 새기고 사람 인人을 인위人爲, 즉 문명文明으로 새겨도 된다. 자연은 '우마사족牛馬四足'이요, 문명은 '낙마수絡馬首 천우비穿牛鼻'라고 암기해 두고 수시로 떠올리면 문명을 떠나 자연에 안겨 쉬어야 하는 이유를 헤아릴 수 있을 것이다. 낙마수는 말고삐를 말하고, 천우비는 코뚜레를 말한다. 소와 말에게 네 발이 없다면 풀밭을 갈 수 없으니 살수도 없을 것이다. 말고삐와 코뚜레가 없다면 마소가 얼마나 편하겠는가. 온갖 목숨이 바라는 것을 자연이라 하고, 사람만 바라고 다른 목숨은 바라지 않는 것을 문명이라 한다. 마음 편히 살면 자연인이지만 켕기면서 살면 문명인이다.

# 매미가 붕(鵬)을 모른다

"매미와 메추라기가 구만 리 장천을 나는 붕鵬을 향해 '우리는 힘껏 날아올라야 느릅나무나 다목나무 가지에 머무는데 때로는 거기에도 오르지 못한다. 그런데 어쩌자고 구만 리나 올라서 남쪽으로 가려 하는가?' 라고 비꼬았다. 들판에 나가는 사람은 세 끼 식사만으로도 배가 고프지 않지만 백 리를 갈 사람은 하룻밤 걸려 곡식을 찧어야 하고, 천 리를 갈 사람은 석 달 동안 식량을 모아야 한다. 이런 조그마한 날짐승들이 붕鵬의 뜻을 어찌 알랴."

《장자》의 〈소요유逍遙遊〉 편에 나오는 대지大知와 소지小知에 관한 이야기이다. 작은 마음은 큰마음을 알지 못한다. 그래서 잎사귀 하나 뜨려면 한 종지의 물도 충분하지만 큰 배를 띄우려면 강물도 부족할 때가 있다. 소지小知일수록 말이 많다. 할 수 없는 것을 할 수 있다 하고, 할 수 있는 일을 할 수 없다고 어깃장을 놓는 소지들 탓에 세상에는 늘 돌개바람이 인다. 그러나 대지大知는 할 수 없으면 할 수 없다 하고 할 수 있으면 할 수 있다고 솔직하게 마음을 연다. 그래서 대지는 감추고 숨겨 시치미 떼는 짓을 못한다. 그래서 도량이 넓은 사람일수록 어수룩해 보이는 법이다.

# 행복은 깃털보다 가볍다

"행복이 깃털보다 가벼워도 손에 쥘 줄 모르고, 재앙은 땅보다 무거워도 피할 줄 모른다. 선심으로 사람을 대하는 것은 그만두게. 땅에 금 그어 두고 그 안에서 허둥대는 것은 위험하고 위험하다네. 가시여, 가시여, 내 가는 길 막지 말게나. 가는 길 구불구불 위험을 피해 가니 내 발에 상처를 내지 말게나."

《장자》의 〈인간세人間世〉 편에 나오는 피란避亂에 관한 이야기이다. 행복은 마음먹기에 달려 있기 때문에 가벼울 수박에 없다. 그러나 마음 밖에 있는 돈으로 행복의 무게를 달다 보니 태산보다 무거운 것이다. 재앙은 공연히 닥치지 않는다. 무엇인가 턱없이 탐하기 때문에 찾아온다. 재앙을 불러 놓고 재앙이 왔다고 땅을 친들 소용없다. 돈이나 명성 따위로 행복을 속셈했으니 마음이 짓눌려 버린 것이다. 마음을 짓누르는 것보다 더한 재앙은 없다. 밖에서 행복을 탐하고 제 몫을 확보하려고 땅에 금을 긋고 땅을 뺏듯 날마다 허둥대다 보니 세상을 스스로 가시밭길로 만드는 것이다. 굳이 그러지 않아도 가시밭길을 피해 갈 수 있어서 제 발에 상처를 덜 낼 수 있다. 어찌하여 행복이 깃털보다 가벼운지 생각해 보라.

## 올바른 처신

"사람은 습한 데서 자면 허릿병이 나서 반실불수로 고생하다 죽지만 어디 미꾸라지도 그렇던가? 사람은 나무 위에 있으면 벌벌 떨지만 어디 원숭이도 그렇던가? 이 셋 중에서 어느 것이 올바른 처신을 알고 있는 것인가?"

《장자》의 〈제물론齊物論〉 편에 나오는 처신處身에 관한 유명한 이야기이다. 미꾸라지는 지저분한 흙탕에 몸을 두어야 살아남고, 원숭이는 나무를 잘 타고 올라야 살아남는다. 지렁이도 굼불 재주가 있듯 목숨이 있는 것은 저마다 제 목숨을 보전하기 위해 자연스럽게 처신할 줄 안다. 그래서 메뚜기는 풀밭을 떠나지 않고, 물고기는 물을 떠나지 않으며, 산새는 산을 떠나지 않는다. 그런데 오직 사람만이 제 몸 두지 말아야 할 곳을 알지 못해 흉한 꼴을 당하고 만다. 법을 만들고 감옥을 지어 놓고 사는 동물은 사람밖에 없다. 사람만 속임수를 일삼고 해코지를 하고 승패를 걸어 아등바등한다. 그래서 사람 성인聖人보다 늙은 까마귀가 더 천명天命을 안다는 말이 생긴 것이다. 누울 자리, 설 자리만 알아도 사람은 낭패를 면할 수 있다. 남보다 멀리 보겠다고 나무를 오른 사람이 가장 먼저 돌개바람의 회오리를 맞는 법이다.

## 미인도 추(醜)하다

"순록은 사슴과 교류하고 미꾸라지는 물고기와 논다. 사람들이 여희麗姬를 미인이라고 하지만 물고기는 그녀를 보면 물속 깊이 숨고, 새는 그녀를 보면 하늘 높이 날아가 버리고, 숲 속의 순록은 멀리 도망가 버린다. 이 중에서 어느 것이 올바른 아름다움을 알고 있는 것인가?"

《장자》의 〈제물론齊物論〉편에 나오는 정색正色에 관한 이야기이다. 아름다움은 늘 아름답고 추함은 늘 추하다고 여기지 말라 함이다. 사람 눈에 아름답다고 하여 그것이 늘 아름다운 것이 아니라는 말이다. '화무십일홍花無十日紅', 즉 아름다움이 열흘 가는 꽃은 없다는 말이다. 피는 꽃은 아름답고 지는 꽃은 추하다고 입질하지 말라는 것이다. 처녀의 살결은 고와 아름답고 할머니의 살결은 거칠어 추하다고 말하지 말라. 왜 천하절색 여희가 물가에 서면 물고기가 숨고, 들판에 서면 새가 날고, 숲의 사슴이 도망치겠는가? 아름답다는 여희도 물고기나 새나 사슴의 눈에는 사나운 짐승으로 보일 뿐이기 때문이다. 거금을 투자하여 얼굴을 고쳐 미인인 척하는 속임수는 훗날 문드러진 꼴로 드러날 것이다.

# 나를 다스려라

"무릇 성인의 다스림이 밖을 다스리는 것이겠는가? 자신을 바르게 한 뒤에야 밖을 다스리는 것이니 확실하게 자신을 다스리는 일을 할 수 있어야 한다. 새는 높이 날아올라 화살을 피하고, 생쥐는 제단祭壇 밑을 파고 살아야 연기에 그을리거나 파헤쳐지는 화를 면할 수 있다."

《장자》의 〈응제왕應帝王〉 편에 나오는 처세處世에 관한 이야기이다. 나를 다스린 뒤에야 남을 다스릴 수 있다. 그렇지 않으면 남이 하면 안 되고 나는 해도 된다는 뻔뻔함이 세상을 어지럽히고 만다. 세상에서 가장 더러운 놈은 자신은 정직하지 못하면서 남에게는 정직하라고 호령하는 위선자이다. 그래서 '똥이 무서워 피하느냐. 더러워서 피하지.' 라는 속담이 생긴 것이다. 남 탓과 세상 탓을 일삼는 자는 자신을 돌이켜 보지 않으므로 제 손에 들린 도끼로 제 발등을 찍었음을 미처 모른다. 그래서 날아오는 화살을 피할 줄 모르는 새만도 못한 인간들이 생기고, 하지 말라는 짓을 범해 쇠고랑을 차는 인간들이 생긴다. 도둑질을 해서 잡혀 놓고는 재수가 없어서 잡혔다고 항변하는 세상일수록 나를 다스리며 사는 사람이 제왕帝王이다.

# 우물 안 개구리

"북해약北海若이 하백河伯에게 말했다. '우물 안 개구리에게 바다를 말해 준들 소용없는 것은 살고 있는 곳에 사로잡힌 까닭이다. 여름 벌레에게 얼음을 말해 준들 소용없는 것은 살고 있는 철에 사로잡혀 있기 때문이다. 한 가지 재주밖에 없는 사람에게 도道를 말한들 통하지 않는 것은 제가 받은 교육에 얽매인 까닭이다. 지금 그대는 강가에서 빠져나와 대해大海를 바라보고는 비로소 자신이 얼마나 작은지를 깨달은 셈이다."

《장자》의 〈추수秋水〉편에 나오는 화백과 북해약의 이야기이다. 우물 안 개구리라는 속담이 여기서 생겼다. 작은 구멍으로 세상을 보면 세상도 작게 보이지만 큰 구멍으로 세상을 보면 세상도 크게 보이는 법이다. 그래서 마음 따라 세상도 따라 보인다고 하는 것이다. 소갈머리가 밴댕이 같다고 흉보면 누구나 발끈한다. 속 좁은 사람을 두고 속 좁다고 하면 화를 낸다. 우물 안 개구리를 우물 안 개구리라고 하면 화내지만 고래처럼 크다고 추켜세우면 우쭐한다. 그러나 마음이 큰 사람은 마음이 크다고 자랑하지 않는다.

# 우쭐댈 것 없다

"온 바다도 천지의 한 구멍에 있음을 헤아리면 작은 구멍이 큰 못 속에 있음과 같지 않겠는가? 중국도 사해 안에 있음을 헤아리면 돌피 낱알이 큰 창고 안에 있는 것과 같지 않겠는가? 사람도 구주 안에 온갖 것과 함께 있으니 그중 하나일 뿐이다. 이렇듯 사람도 말에 붙어 있는 가느다란 털과 같지 않겠는가?"

《장자》의 〈추수秋水〉 편에 나오는 화백과 북해약의 이야기이다. 천지天地에 비하면 모든 것이 작을 뿐 어느 것 하나 큰 것이 없다는 말이다. 천지天地란 우주宇宙를 말한다. 있기는 있지만 끝이 어딘지 모르는 곳이 우宇이고, 흘러가기는 하지만 멈추는 것이 언제인지 모르는 때가 주宙이다. 즉 천지라는 시공時空에서 보면 무엇 하나 크다고 우쭐댈 것 없다는 말이다. 그러니 잣대를 들이대고 저울로 무게를 달고 주판으로 액수를 따져 많고 적음을 따지면서 온종일 엎치락뒤치락거리다 밤잠까지 설칠 일은 없다. 크다 작다, 많다 적다, 길다 짧다 호들갑떨면서 인생을 난장으로 몰아갈 것 없지 않은가. 한 바다도 한 물방울로 생각한다면 두 발 쭉 뻗고 온갖 시름 다 털어내고 하룻밤 정도 쉬어갈 수 있다.

## 설결(齧缺)이라는 인물

"모습은 마른 나뭇가지 같고 마음은 불 꺼진 재 같구나! 진정 그 참뜻을 알면서도 스스로 내세우지 않고, 흐릿흐릿 없는 듯하면서 마음 씀씀이가 없어 그와 더불어 꾀할 수 없구나! 저 치는 어떤 사람인가?"

《장자》의 〈지북유知北遊〉 편에 나오는 설결齧缺이라는 인물에 관한 유명한 노래이다. 설결은 무아無我의 상징으로 생각하면 된다. 누구나 어느 한순간만은 설결처럼 될 수 있다. 하루 단 10분만이라도 설결을 닮으면 온종일 타올랐던 심신心身을 불 꺼진 재처럼 누릴 수 있는 것이다. 그렇게 하기 위해서는 하루 내내 겪었던 일들을 잡동사니 쓸어 버리듯 싹 쓸어내는 비질이 반드시 필요하다. 싸움을 하더라도 내일 다시 하기로 하고, 말라 버린 고자배기처럼 자신을 내버리고 멍하니 반가부좌하고 명상점을 찾아 심호흡을 하면 누구나 한순간이라도 설결이 될 수 있다. 그러기 위해서는 위에서 인용한 노래를 마치 젖먹이가 옹알이를 하듯 중얼거려 보라. 그러면 자신도 모르게 등걸을 베어 가고 남은 고자배기처럼 멍하니 앉아 마음속 불길을 잡고 재처럼 편안히 앉아 설결이 되는 순간을 누릴 수 있을 것이다.

# 쓸모 있음과 쓸모 없음

"혜자惠子가 장자에게 말했다. '당신 말은 쓸모가 없어요.' '쓸모가 없음을 알아야 비로소 더불어 쓸모를 말할 수 있소. 무릇 땅은 넓고 크오. 사람이 쓰는 것이란 발을 디디는 것뿐이오. 그렇다고 발 디딘 곳만 두고 황천까지 파 내려간다고 사람에게 쓸모가 있겠소?' 장자의 반문에 혜자는 다시 쓸모 없다고 대답했고, 그 말을 다시 장자가 되받았다. '그러니까 쓸모 없는 것이 쓸모 있음이 분명하지 않은가.'"

《장자》의 〈외물外物〉 편에 나오는 무용無用에 관한 대화이다. 사람은 쓸모가 있으면 귀하다 하고 쓸모가 없으면 천하다고 한다. 쓰레기를 만들고 버리는 동물은 사람밖에 없다. 쓰레기란 쓰고 버린 것이거나 쓰고 남아서 버린 것이다. 이는 쓸모 없는 것이 곧 쓸모 있는 것임을 몰라서 범하는 어리석음이다. 천지는 사람만 살라고 있는 것이 아님을 깨닫는다면 무용無用이니 소용所用이니 하는 논쟁을 하지 않을 것이다. 세상에 쓸모 없는 것이란 하나도 없다. 비상도 약에 쓴다고 한다. 설거지하고 버린 구정물도 강물로 돌아가서 다시 비가 되어 천지의 초목을 적셔 주고 다시 우리 입으로 돌아온다.

# 좀도둑과 큰도둑

"좀도둑은 잡히지만 나라를 훔친 큰도둑은 임금이 된다. 일단 임금이 되면 그 밑에 의롭다는 사람들이 모인다. 환공소백桓公小白이라는 자는 형을 죽이고 형수를 아내로 삼았는데 현자賢者라는 관중管仲을 신하로 삼았고, 전성자상田成子常은 제 임금을 죽이고 나라를 훔쳤는데 공자는 그의 예물을 받았다. 의사義士라는 자들은 소백小白과 자상子常을 천하다고 하면서도 그들에게 머리를 숙인다. 마음속에서 말과 행동이 다투고 있는 것이다. 이 어찌 모순이 아니겠는가? 때문에 옛 책에도 '성공한 자는 우두머리가 되고, 실패한 자는 꼬리가 되게 마련이다.' 라고 한 것이다."

《장자》의 〈도척盜跖〉편에 나오는 세태世態에 관한 이야기이다. 새떼는 터를 골라 앉지 않는다. 먹잇감이 있으면 내려 앉아 지저귀다 모이가 떨어지면 다시 하염없이 날아간다. 그런데 세상에는 새떼를 닮은 인간들이 너무나 많다. 특히 권력 주변에는 주워먹을 모이가 많은지라 인간 새떼들이 더욱 요란하게 지저귄다. 좀도둑은 금고의 문을 열려고 용쓰다가 잡혀가고, 큰도둑은 금고채 들고 간다. 도둑놈들 욕하면서 사는 편이 훨씬 낫다.

# 여덟 가지 허물

"제 일도 아닌데 앞서서 하는 짓을 총摠이라 하고, 임금이 돌아
보지도 않는데 그 앞에 나서는 짓을 영佞이라 하며, 남의 기분에
영합한 입놀림을 첨諂이라 하고, 일의 시비是非를 떠나 말함을 유
諛라 하며, 남의 결점을 즐겨 찾아 말함을 참讒이라 하고, 남을
이간질하여 끊어놓은 짓을 적賊이라 하며, 일부러 남을 칭찬하여
악으로 몰아넣음을 특慝이라 하고, 선악을 가리지 않고 안색을
살펴 상대방의 장단에 맞춰 줌을 험險이라 한다. 이 여덟 가지 허
물은 밖으로는 세상을 어지럽히고 안으로는 제 몸을 상하게 한
다."

《장자》의 〈어부漁父〉편에 나오는 허물에 관한 이야기이다. 총
摠 −영佞 −첨諂 −유諛 −참讒 −적賊 −특慝 −험險의 이 여덟 가지
허물은 인간을 못쓰게 만드는 성질머리들이다. 소인팔과小人八過
는 이를 두고 한 말이다. 이 여덟 가지 가운데 한 가지만이라도
성질을 부리게 하면 몹쓸 짓을 범하고 만다. 싸움은 말리고 흥정
은 붙이라고 했다. 소인이 범하기 쉬운 팔과八過를 범하지 말라
함이다. 살아가면서 늘 이 팔과를 범하지 않으려고 마음 쓴다면
자신을 되돌아보아도 부끄러울 것이 없을 것이다.

# 네 가지 걱정

"즐겨 큰 일을 벌이면서 평범한 것을 고쳐 공명을 올리려는 짓을 도叨라 하고, 지식을 앞세워 제멋대로 하고 남의 것을 침범하여 제 것으로 하려는 짓을 탐貪이라 하며, 제 잘못을 알면서도 고치려 하지 않고 충고에 아랑곳하지 않으며 오히려 나쁜 짓을 하는 것을 일러 흔很이라 하고, 남의 의견이 제 의견과 같으면 좋다 하고 같지 않으면 선善이어도 배척하는 것을 긍矜이라 한다."

《장자》의 〈어부漁父〉 편에 나오는 우환憂患에 관한 이야기이다. 도叨 – 탐貪 – 흔很 – 긍矜 이 넷은 모두 우환憂患의 종자種子들이다. 굽은 나무가 선산을 지킨다는 말이 있다. 잘난 척하고 세상을 얕보는 성질머리 탓에 망신당하는 치들을 보면 거의 모두가 이 네 가지 덫 가운데 어느 하나에 걸려 있다. 굽은 나무로 천덕꾸러기가 되느니 곧은 나무가 되어 재목이 되겠노라 콧대를 세우며 덤비다가는 세상의 톱질을 당하고 만다. 호랑이는 죽어서 가죽을 남기고 사람은 죽어서 이름을 남긴다고 한다. 하지만 호랑이는 그 가죽 때문에 제 명대로 살지 못하고 사냥꾼의 밥이 되고, 사람은 제 이름 석 자를 빛내려다 우환만 사고 만다. 눈부시면 제 눈부터 머는 법이다.

## 필연(必然)이 아닌데…

"꼭 하지 않아도 되는데 꼭 하려고 하기 때문에 마음속에 다툼이 많아지고, 그 다툼을 그대로 따라하니 마음은 찾는 것이 있다. 마음속 다툼이 찾는 것을 믿다 보면 망하게 마련이다. 사람의 얇은 편지나 소포 따위의 자질구레한 것을 떠나지 못해 하잘것없는 일에 마음을 괴롭힌다."

《장자》의 〈열어구列禦寇〉 편에 나오는 일상日常에 관한 이야기이다. 다람쥐 쳇바퀴 돌 듯 사는 일이 재미없다고 푸념이다. 일하고 노는 일을 하나로 보려고 하니 힘든 일이 지겨운 것이다. 놀고 먹는 것이 상팔자라고 하지만 그런 팔자는 천하에 하치이다. 직업 중에 가장 못난 직업이 도둑질이니 말이다. 놀고 먹겠다는 것이야말로 좀도둑질하는 삶이다. 먹고 사는 일은 꼭 해야하지만 노는 일은 꼭 해야 하는 것은 아니다. 그런데 꼭 해야 할일이 아닌 것을 꼭 하려고 무모한 짓을 범한다.

대박을 꿈꾸는 사람들이 많다. "나 로또 샀어."라며 큰소리치는 광경을 얼마든지 볼 수 있다. 요행을 바라는 것이 얼마나 창피한 짓인 줄 모르는 것이다. 땀 흘린 만큼 얻는다는 이치를 알았던 옛날 농부들의 근성은 이제 찾아보기 힘들어졌다.

# 세상과 벗이 되려면

"두루 하면서[公] 기울지 않는다[不黨]. 쉽게 하면서[易] 속셈이 없다[无私]. 탈탈 털어버리고[決然] 주장이 없다[无主]. 사물을 따라 주되[趣物] 저울질하지 않는다[不兩]. 근심에 얽매이지 않고[不顧] 지식으로 꾀하지 않는다[不謀]. 사물로 간택함이 없고[无擇] 사물과 더불어 다만 오고간다[俱往]."

《장자》의 〈천하天下〉편에 나오는 처세處世에 관한 이야기이다. 사람 사는 세상은 얽힌 실꾸리와 같다. 그 실꾸리에서 실을 풀어 쓰려면 실마리를 찾아야 한다. 세상사의 실마리를 찾는 데 있어 부당不黨 – 무사无私 – 결연缺然 – 무주无主 – 취물趣物 – 불양不兩 – 불고不顧 – 불모不謀 – 무택无擇 – 구왕俱往보다 더 좋은 방도는 없다. 두루 하면 통하고, 패를 지으면 막힌다. 어렵게 하지 말고 쉽게 생각하며 백지장도 맞들면 가벼워진다는 것이 무주无主이다. 일을 마다하지 말고 응하면 틈새가 보이고, 저울질을 하지 않으면 콩 한 쪽도 갈라 먹게 된다. 불고不顧하면 두려움은 사라지고, 불모不謀하면 경계심이 사라진다. 미운 놈 떡 하나 더 주면 무택无擇해 울력이 생기고, 구왕俱往하면 미운 놈, 고운 놈이 따로 없어 문단속하지 않고 살아도 괜찮아진다.

# 변자(辯者)들의 궤변

"알에는 털이 있고, 닭은 다리가 셋이다. 개를 양이라 불러도 되고, 말에게도 알이 있고, 두꺼비에게도 꼬리가 있다. 불은 뜨겁지 않고, 산에도 입이 있다. 수레바퀴는 땅을 밟지 않고, 눈은 사물을 보지 못한다. 거북은 뱀보다 길고, 구멍은 구멍에 꽂은 막대를 둘러싸지 못한다. 나는 새의 그림자는 날지 못한다. 변자辯者들은 혜시惠施와 함께 이런 주장을 응답하면서 평생을 보냈다."

《장자》의 〈천하天下〉 편에 나오는 궤변詭辯에 관한 이야기이다. 세 치 혓바닥 하나로 세상을 어지럽히는 무리를 가리켜 변자辯者라고 한다. 알에서 나온 새에 털이 있으니 이미 알에는 털이 있고, 개나 양이나 사람이 붙여 준 이름이므로 바꿔 불러도 되고, 태胎도 낳는 것이고 알[卵]도 낳는 것이니 말에게도 알이 있다 할 수 있고, 사람의 감각이 뜨거워하는 것이지 불 자체가 뜨거운 것은 아니며, 산이 메아리치니 산에 입이 있고, 바퀴와 땅 사이에 틈이 있으니 밟지 않는 것이고, 구멍과 막대 사이에도 틈이 있으니 둘러싼 것이 아니며, 새가 날아가지 새의 그림자가 날아가는 것은 아니라고 지껄이지만 정신차린 사람들은 넘어가지 않는다.

# 분별을 넘어서야

"도의 입장에서 본다면 사물에는 귀천이 없지만 사물의 입장에서는 스스로를 귀하다 하고 상대방을 천하다 한다. 세속으로 본다면 스스로를 귀천으로 따지지 않고 차별로 보아 각기 크다 한다면 사물은 모두 큰 것이고, 각기 작다 한다면 사물은 모두 작은 것이다. 천지도 돌피 낟알만 하고 털끝도 산만큼 크다는 것을 알게 되면 분별의 이치는 분명해진다."

《장자》의 〈추수秋水〉편에 나오는 차별差別에 관한 이야기이다. 세 치 혓바닥으로 궤변詭辯을 늘어놓기도 하고, 이것은 이렇다 저것은 저렇다 차별을 늘어놓아 아는 척하는 놈 역시 변사辯士이다. 도의 입장에서 보았을 때 자식 하나만 키운 어미는 하나가 하나인 줄만 알지만 팔 남매를 키운 어머니는 여덟을 여덟으로 알지 않고 하나로 안다는 말이다. 귀천貴賤 역시 너와 나를 따지는 심술일 뿐 너와 나를 떠나면 귀천은 없어진다. 자신만 귀하다고 여기는 세상이어서 현명한 사람은 오히려 스스로 천한 쪽을 선택해 돌개바람의 먼지를 피할 줄 안다. 작다면 천지도 작고 크다면 씨앗 속에도 우주가 있음을 알 수 있다. 볍씨 하나가 620개의 낟알을 단 이삭으로 드러나는 법이다.

## 남보다 앞서려 하지 마라

"사람들은 모두 남이 자신에게 동조해 주면 기뻐하고 반대하면 싫어한다. 이는 남들보다 앞서려는 시샘이 있는 까닭이다. 무릇 남들보다 앞서려는 사람이 어찌 남들보다 앞설 수 있을 것인가. 남들과 함께 따라야 마음이 편안하다."

《장자》의 〈재유在宥〉 편에 나오는 대인對人에 관한 이야기이다. 사람이 변덕을 부리는 것은 제 입에 달면 삼키고 쓰면 뱉겠다는 속셈 탓이다. 그러나 세상에 내 입속의 혀 같은 존재는 없다. 나와 뜻이 같으면 좋아서 상대에게 해해거리고, 나와 뜻이 다르면 토라져 상대를 냉대하면 남들이 나를 어떻게 저울질하겠는가. 아마도 언제든 손바닥 위에 놓고 공기놀이할 수 있다고 얕보게 것 될 것이다.

나에게 동조한다고 손뼉 칠 것 없고, 나에게 반대한다고 화낼 것 없다. 사람은 저마다 제가 만든 저울을 마음속에 두고 제 뜻대로 저울질한다. 그 저울 눈금을 두고 더하라 빼라 한들 소용없다. 어차피 저울질은 저마다 하게 마련이니 말이다. 그래서 솔직하게 세상을 마주하고 정성껏 대하면 누구나 마음을 열고 서로 머리를 맞대게 된다. 삶이란 겨루기가 아니라 품앗이하는 울력이다.

# 좌치(坐馳)가 탈이다

"걷기는 쉽지만 걸을 때 땅을 밟지 않기는 어렵다. 사람이 부릴 때는 사람을 속이기 쉽지만 하늘이 부릴 때는 하늘을 속이기 어렵다. 날개가 있어서 난다는 이야기는 들었지만 날개 없이 난다는 말은 들은 적이 없다. 그러나 저[彼] 텅 빈[闕] 것을[者] 보라[瞻]. 빈 방[虛室]이 밝음을[白] 낳는다[生]. 행복은[吉祥] 거기 머무는 것[止]이다[也]. 머물 곳에 머물지 않는 것을 좌치[坐馳]라 한다."

《장자》의 〈인간세[人間世]〉편에 나오는 무심[無心]에 관한 이야기이다. '첨피결자[瞻彼闕者] 허실생백[虛室生白]' 마음속에서 사나운 탐욕이 용솟음칠 때 이 구절을 암송해 보면 타오르던 욕망이 수그러들면서 캄캄했던 마음이 환해지는 행복을 맛볼 수 있을 것이다. 욕심이 사나우면 마음속이 캄캄하다. 이를 불행[不幸]이라고 한다. 사나운 욕[欲] 탓에 몸은 앉았지만 마음이 꼬리에 불붙은 강아지처럼 헤집는 꼴을 좌치[坐馳]라고 한다. 그러나 욕심을 털어 버리면 마음속이 환하고 조용해진다. 그래서 행복을 결자 또는 허실[虛室]이라 한다. 이는 욕심[欲]을 비워 버린 마음을 말한다. 상대를 짓는 분별을 털어 버리면 불행은 사라지고 행복만 남는다. 이러한 마음속을 일러 '허실생백[虛室生白]'이라 한다. 명상은 그 허실로 들게 하는 길이다.

# 4. 대인(大人)의 길잡이

명상冥想은 자치自治를 떠날 수 없다. 명상은 스스로 자신을〔自〕 다스리는〔治〕 길이다. 생활 속에서 마음이 편안하고 당당하며 의젓하게 살 수 있는 자치의 길을 터 주는 명상이 있다. 공자의 말씀은 그런 명상을 누리면서 푹 쉴 수 있게 한다.

노자나 장자는 현실을 밀어내고 마음의 안녕을 누리라고 한다. 그래서 현실로 돌아오면 겉돌게 마련이다. 이슬만 먹고 살 수 없는 세상이다. 신선神仙처럼 살 수 없다 보니 너도 나도 영악해진다. 그러다 보니 세상은 여기저기 개미귀신이 파 놓은 함정이 널린 모랫벌처럼 아슬아슬하고 험하다. 눈 뜨고 코 베어 가는 세상이라고 아우성들이다. 난장亂場에 난전亂廛이 벌어지면 제 값을 주고 물건을 사고 팔기가 힘들다. 그래서 서로를 믿지 못해 속마음을 감추고 유리한 패를 잡으려 애태우고, 시나브로 소인배小人輩로 전락하고 마는 것이다.

사람은 선善할 수도, 악惡할 수도 있다. 선인善人 따로 악인惡人 따로 운명지어져 태어나는 것이 아니다. 다만 살아가면서 선악善惡을 들락날락하는 것일 뿐이다. 그래도 사람은 악보다는 선을 근거로 살려고 한다. 세상은 늘 난장처럼 어수선해 보이지만 질

서를 찾아 서로 의지하고 흥정하면서 살 수 있다. 삶을 흥정할 때 소인小人도 되고 대인大人도 될 수 있다. 남에게 손해를 주면서 내 이익만 챙기려 하면 단박에 소인이 된다. 그러나 이익을 반반 씩 서로 나누어 갖자고 삶을 흥정하게 되면 누구나 대인이 된다.

공자는 대인과 소인을 대비對比하면서 소인을 맹타한 성인聖人 이다. 공자의 대비를 거울 삼아 그 앞에 서면 부끄러움을 느낄 사람들이 많아질 것이다. 그런데 공자가 걸어 놓은 명경明鏡을 박살내 버리는 사람들이 의외로 많다. 그런 부류는 낮에는 사납 게 욕심을 부리고 밤이면 질펀하게 탕진하면서 세상을 멋지게 요리한다고 떵떵거릴 것이다. 이들을 자벌自伐의 무리라고 한다. 자벌하면 자만自慢하게 되어 세상을 제 손 안의 동전쯤으로 얕본 다. 그래서 세상에는 졸부猝夫가 등장하고, 미꾸라지 한 마리가 방죽물을 흐린다. 그래도 공자의 명경 앞에 서서 자신을 부끄러 워하고 뉘우치는 사람들이 자벌의 무리보다 훨씬 많다. 그래서 세상은 사필귀정事必歸正이라는 말을 믿고 봄에 씨 뿌리고 거름을 주면서 북을 돋우면서 가을을 기다리는 농부를 닮은 것이다.

자신을 부끄러워할 줄 아는 사람은 언제든 세상을 올곧게 하 는 대인大人이 될 수 있다. 공자의 명경 앞에 섰다가 명상에 든다 면 누구나 대인으로 돌아가 단잠을 누리고 다음 날을 어제보다 더 환하게 치세治世할 수 있다.

# 두루 통해야 한다

"군자君子는 주이불비周而不比한다. 즉 두루두루 좋아한다[周]. 그러나[而] 유리한 쪽을 좇아 패 짓지 않는다[不比]. 소인小人은 비이부주比而不周한다. 즉 유리한 쪽을 좇아 패 짓는다[比]. 그러나[而] 두루두루 좋아하지 않는다[不周]."

《논어論語》의 〈위정爲政〉편에 나오는 공자의 말씀이다. 군자君子는 대인을 말한다. 여기서 소인小人과 대인大人은 체구의 크기로 나누는 것이 아니라 마음가짐과 씀씀이로 따지는 인품人品이다. 두루 통하는 마음은 내 편 네 편을 갈라놓고 팔은 안으로 굽는다고 말하지 않는다. 나를 유리하게 하고 상대를 불리하게 하는 짓을 범하지 않는 마음은 공평무사公平無私할 수 있다. 공평하면 두루 통하고, 사욕私欲이 없으면 두루 통한다. 그러나 팔은 안으로 굽게 마련이라고 주장하는 마음은 늘 내 편 네 편을 갈라놓고 내 편은 유리하게 하고 상대는 불리하게 하려고 꼼수를 부린다. 그런 까닭에 공평할 수 없고 무사할 수 없다. 소인은 날마다 제 몫이 작아질세라 멱살잡이를 하려는 탓에 심신이 고달프다. 하지만 대인에게는 누구의 몫이 따로 없으니 날마다 마음 편히 세상을 마주할 수 있고 떳떳하다.

# 군자는 남을 탓하지 않는다

"군자君子는 구저기求諸己한다. 군자는 자신[己]에 게서 잘못을[諸] 찾는다[求]. 소인小人은 구저인求 諸人한다. 소인은 남들[人]에게서 잘못을[諸] 찾는 다[求]."

《논어》의 〈위령공衛靈公〉 편에 나오는 공자의 말씀이다. 군자君子는 대인大人을 말한다. '일이 잘못 되면 조상 탓한다.'는 속담은 소인들 때문에 생겼다. 대인은 일이 잘못되면 자신에게 무슨 잘못이 없나를 따져 일이 잘되도록 정성을 다한다. 여러 사람들과 함께 일을 도모해도 대인은 결과를 가지고 이러쿵저러쿵 결코 뒷말을 하지 않는다. 그래서 대인이 앉았던 자리는 흔적도 없다고 한다. 일이 잘되면 주변 사람들의 공으로 돌리고 자신은 뒷일만 했다고 물러나기를 서슴지 않기 때문에 사람들은 저절로 대인을 모시려고 한다. 소인배는 우두머리가 되려면 꼼수를 쓰지만 대인은 가만히 있어도 우두머리가 되어 달라는 요구를 받는다. 우두머리가 되라고 하면 정성껏 우두머리 노릇을 다하고 할 일이 끝나면 미련 없이 그 자리를 내놓는다. 이런 마음가짐 때문에 대인은 늘 '구저기求諸己' 한다. 그래서 대인은 동료를 벗으로 여기고 소인은 동료를 상대로 삼는다.

# 어울림과 패거리

"군자君子는 화이부동和而不同한다. 군자는 어울린다[和]. 그러나[而] 패거리 짓지 않는다[不同]. 소인小人은 동이불화同而不和한다. 소인은 패거리 짓는다[同]. 그러나[而] 어울리지 않는다[不和]."

《논어》의 〈자로子路〉 편에 나오는 공자의 말씀이다. 군자君子는 대인大人을 말한다. 서로 돕기 위해 모이면 어울림[和]이고, 서로 이용하려고 모이면 패거리[同]이다. 달면 삼키고 쓰면 뱉는 모임은 패거리이고, 백지장도 맞들면 더 가벼운 줄 알고 모이면 어울림이다. 패거리는 동고동락同苦同樂하지 못한다. 유리하면 모이고 불리하면 흩어지는 것이 패거리 동同이다. 공자는 '동同'을 패거리 당黨으로 보기도 하지만 노자는 '동同'을 어울림 화和로 본다. 그래서 공자의 동同과 노자의 동同을 달리 새겨야 되는 경우가 있다. 대인은 화합和合을 바라지만 소인은 동당同黨을 좇는다. 이익이 나면 서로 붙고 손해가 나면 서로 헤어지는 것이 본래 소인배의 동당同黨이다. 동당同黨 속에서 화합和合을 바라는 것은 산마루에 올라가 낚시질하는 것과 같다. 어울림[和]과 패거리[同]를 잘 새겨 둘수록 허망한 꼴을 덜 본다.

# 너그러움과 두려움

"군자君子는 탄탕탕坦蕩蕩한다. 군자는 고요해〔坦〕 크고 너그럽다
〔蕩蕩〕. 소인小人은 장척척長戚戚한다. 소인은 항상〔長〕 겁나 두려워
한다〔戚戚〕."

《논어》의〈술이述而〉편에 나오는 공자의 말씀이다. 군자君子
는 대인大人을 말한다. 대인은 요행을 바라지 않지만 소인은 요
행僥倖을 바란다. 요행은 분에 넘치게 잘되기만을 바라는 욕欲이
다. 땀 한 홉 흘리고는 말로 받기를 탐하는 욕欲이 요행이다. 정
성을 다하지 않고 빈둥거리면서 제 몫을 많이 챙기려고 꼼수를
쓰는 것도 요행이다. 그래서 손에 로또 한 장 쥐고 당첨되기만을
바라는 사행심射倖心이 허공에 산탄 날리듯 줄곧 터지는 것이다.
왜 감나무 밑에서 입만 벌리고 홍시 떨어지길 바라지 말라 하겠
는가. 요행만 바라는 게으름뱅이가 되지 말라는 것이다. 대인은
결코 요행에 목을 매지 않는다. 맡은 일이라면 정성을 다할 뿐
결과의 성패를 두고 두근두근 마음 졸이지 않는다. 지성至誠이면
감천感天이라는 말을 그대로 믿으며 세상과 사람을 마주하는 대
인은 요행을 바라지 않아 두려울 것이 없기 때문에 늘 마음이 편
안하고 너그럽다.

# 말보다 행동이다

"군자君子는 욕눌어언이민어행欲訥於言而敏於行한다. 군자는 말[言]에서는[於] 둔하지[訥]만[而] 행동[行]에서는[於] 재빠르고[敏]자한다[欲]."

《논어》의 〈이인里仁〉 편에 나오는 공자의 말씀이다. 군자君子는 대인大人을 말한다. 대인은 입이 무겁고, 한 번 나온 말은 주워 담을 수 없으며 발 없는 말이 천 리 간다는 말을 늘 잊지 않는다. 늘 말을 아껴 소중히 하므로 말 한 마디가 천금千金만큼 무거움을 안다. 말만 앞서는 사람은 입이 가벼워 세 치 혀 탓에 탈을 내고 일을 망치면서도 뒷감당은 하지 못한다. 입이 가벼운 사람은 제가 한 말을 책임질 줄 모른다. 그래서 일이 잘되면 제 덕이고 잘못되면 남의 탓으로 돌리고 시치미를 뗀다. 그러나 대인은 한 번 한 말이면 스스로 책임지고 뒷감당을 하므로 함부로 말을 앞세우지 않는다. 신용信用이란 약정서에 도장을 찍는다고 보장되는 것이 아니다. 사람과 사람 사이의 신뢰란 자신이 한 말을 책임지는 마음가짐이 행동으로 드러나는 데서 비롯되지 종이에 적힌 계약서 때문에 쌓이지는 않는 것이다. 그래서 대인은 어디를 가나 보증수표라는 별명을 얻고, 말쟁이는 사기꾼이라는 욕을 먹는다.

# 늘 궁(窮)해도 마음은 편하다

"군자君子는 고궁固窮하다. 군자는 늘[固] 궁하다[窮]. 소인小人은 궁사람의窮斯濫矣이다. 소인은 궁하다[窮]면[斯] 넘나는 것[濫]이다[矣]."

《논어》의 〈헌문憲問〉 편에 나오는 공자의 말씀이다. 군자君子는 대인大人을 말한다. 대인은 마음이 편하기를 바라고 소인은 몸이 편하기를 바란다. 그래서 대인은 궁핍窮乏하고 몸이 편치 못해도 마음 편한 쪽을 택한다. 하지만 소인은 궁핍하면 몸 둘 바를 모르고 아무런 거리낌 없이 허튼 짓을 범한다. 배고픈 사자는 생쥐도 탐한다는 말이 있듯이 소인은 궁하면 견디지 못하고 마음의 안녕 따위는 팽개쳐 버린다. 그러나 대인은 넘남[濫]을 무엇보다 부끄러워한다. 넘남[濫]이란 강물이 불어나 강둑을 넘어 버리는 것을 말한다. 물이 범람하면 물길이 따로 없듯이 소인이 곤궁해지면 범람하는 강물처럼 돌변해 하지 말아야 할 짓까지 범한다는 것이다. 소인배는 곤궁困窮을 가장 무서워하기 때문이다. 그래서 소인의 탐욕은 배가 터져야 소에게서 떨어지는 가분지와 같다. 그러나 대인은 탐욕을 가장 두려워하여 검소하게 살아가므로 그에게 있어 곤궁함은 발이 편한 신발처럼 되고 말 뿐이다.

# 삼인행(三人行)

"삼인행三人行에 필유아사언必有我師焉이라. 세 사람이[三人] 길을 가다 보면[行] 그중에[焉] 내[我] 선생이[師] 반드시[必] 있다[有]."

《논어》의 〈술이〉 편에 나오는 공자의 말씀이다. 선善한 사람만 선생이 되는 것은 아니다. 선한 사람은 내가 본받아야 할 선생이고, 악한 사람은 내가 본받지 말아야 할 선생이다. 결국 따지고 보면 세상이 바로 내 교실이고, 사람들은 모두 내 선생일 수 있다. 그러니 삼인三人을 꼭 세 사람이라 생각할 것 없다. 그냥 많은 사람으로 여기고, 삼인행三人行의 '행行'을 그냥 간다는 의미의 행行이 아니라 '살아갈 행行'으로 여기면 공자의 말씀에 숨은 뜻이 드러난다.

살아가면서 살펴 본받기를 게을리하지 않는 사람은 스스로 마음을 귀하게 달랠 수 있다. 사람은 마음 쓰기에 따라 귀해지기도 하고 천해지기도 한다. 세상에 자기만 있는 줄 착각하고 사는 사람이 가장 보기 딱하다. 내 마음 내키는 대로 살면 되는 것이지 선생이 왜 필요하냐고 하는 사람이 가장 천하다. 겸손한 사람은 본래 본받기를 게을리하지 않는다. 익은 이삭은 고개를 숙이지만 쭉정이는 고개를 들지 않는가.

# 잘못이란

"과이불개過而不改 시위과의是謂過矣이라. 잘 못하고[過]도[而] 고치지 않는 것[不改] 그것을[是] 잘못[過]이라 하는 것[謂]이다[矣]."

《논어》의 〈위령공衛靈公〉 편에 나오는 공자의 말씀이다. 잘못 없는 사람은 없다. 성인聖人도 사람인 까닭에 잘못할 수 있다. 그래서 성인도 자연自 然을 본받는 것이다. 자연에는 잘못이 하나도 없다. 오직 사람만이 잘못을 범한다. 잘못을 범한 줄 알고 잘못을 고칠 수 있는 목숨이 곧 사람이다. 사람들은 올무에 걸린 멧돼지를 보고 미련하다고 흉본다. 하지만 먹이를 보면 먹어야 하는 것이 멧돼지의 자연이다. 그런 본성을 이용하는 사람이 영악한 것이다. 세상에 잘못 없는 사람은 없다. 그러나 잘못을 고치는 사람이 있는 반면고치지 않는 사람도 있다. 잘못인 줄 알면서도 고치지 않는 인간 중에 가장 못된 놈을 일러 도둑이라고 한다. 왜 도둑이 제 자식에게 도둑이 되라고 말하지 않겠는가? 도둑질이 잘못인 줄 알기때문이다. 잘못인 줄 알면서 숨기고 고치지 않는 사람은 천하에 못된 소인이다. 대인은 잘못으로 드러나면 곧장 사죄하고 두 번다시 범하지 않는다.

# 덕(德)을 품는다

"군자회덕[君子懷德]한다. 군자[君子]는 덕을[德] 품는다[懷]. 소인회토[小人懷土]한다. 소인[小人]은 땅을[土] 품는다[懷]."

《논어》의 〈이인〉편에 나오는 공자의 말씀이다. 회덕[懷德]을 모도[謀道]라고 한다. 모도[謀道]는 구도[求道]와 같은 말이다. 덕[德]을 마음속에 품는다[懷]고 함은 덕[德]을 찾아 구한다는 말이다. 남을 배려하고 헤아려 용서함이 곧 회덕[懷德]이다. 덕을 일러 어짊[仁]을 실천함[義]이라고 한다. 회덕[懷德]은 남을 사랑한다는 말이다. 회토[懷土]는 탐재[貪財]와 같은 말이다. 재물을 탐함이 곧 회토[懷土]이다. 회토[懷土]로 똘똘 뭉친 인간을 일러 사채[私債]꾼이라고 한다.

우리 주변에는 의외로 돈밖에 모르는 인간이 많다. 단돈 몇만 원에 사람 목숨을 앗아가는 살인범이야말로 회토[懷土]의 망나니이다. 돈이면 다 된다고 떠벌리면서 세상을 얕보는 졸부[猝夫]들이 세상을 서글프게 한다. 열심히 땀 흘려 정성껏 사는 사람들을 맥풀리게 하는 것이다. 회토[懷土]의 무리가 되면 끝이 험하다. 의젓하고 당당하게 사는 사람은 늘 회덕[懷德]의 대인들이다.

# 법(法)을 품는다

"군자회형君子懷刑한다. 군자君子는 법을[刑] 품는다[懷]. 소인회혜
小人懷惠한다. 소인小人은 혜택 받기를[土] 품는다[懷]."

《논어》의 〈이인〉 편에 나오는 공자의 말씀이다. 회형懷刑은 남
에게 못할 짓을 범하지 않는다 함이다. 법法은 남을 해치거나 속
이거나 괴롭힐 때 벌을 내리는 약속이다. 무슨 일이 있어도 그
약속을 받들고 지키겠다는 마음가짐이 곧 회형懷刑이다. 형刑은
물론 벌罰을 받는 것이다. 그렇기 때문에 회형懷刑을 지닌 대인大
人은 죄罪를 두려워한다. 죄 중에서도 천벌天罰을 가장 무서워한
다. 천벌天罰은 자기 자신밖에 모르는 사나운 탐욕貪欲을 말한다.
사나운 탐욕이 극에 달하면 제 부모형제도 몰라보고 천륜을 여
긴다. 천륜을 어기면 곧 천벌을 받는다. 천벌은 세상 사
람 모두가 용서하지 않는 벌을 말한다. 그러나 소인은
천벌을 가볍게 여기고 자신에게 손해가 되면 부모를
상대로 송사訟事도 마다하지 않는다. 이런 탐욕의
이기심을 회혜懷惠라고 한다. 부모가 돈이 있어야
자식도 효도한다고 한다. 이는 곧 소인의 회혜懷惠
를 말하는 것이다.

# 밝음[明]을 생각한다

"시사사명視思明한다. '사물을 볼 때는[視] 밝음을[明] 생각한다[思].'"

《논어》의 〈계씨季氏〉편에 나오는 공자의 말씀이다. 대인은 생각할 때 늘 아홉 가지를 떠나지 않는다. 이를 '군자유구사君子有九思'라고 한다. 사명思明도 그중 하나다. 밝음[明]은 모든 것을 다 드러나게 한다. 선善도 드러나고 악惡도 드러나며, 공公도 드러나고 사私도 드러난다. 선善하고 공公하면 좋고, 악惡하고 사私하면 버리는 마음가짐이 늘 밝아야[明] 한다. 그래서 대인은 사물을 바라볼 때 늘 사명思明하는 것이다. 사명하면 등잔 밑이 어둡다는 속담은 통하지 않는다. 털어서 먼지 안 나는 사람 없다고 하지만 대인은 털어도 먼지가 나지 않는다. 먼지 날 짓을 하지 않는 까닭이다. 대인의 심안心眼은 밝기 때문에 담 너머로 뿔이 보이면 소인 줄 알고, 울 너머로 연기가 보이면 불이 난 줄 안다. 그렇기 때문에 앞을 내다보고 길을 잡아 결코 허방을 밟지 않는다. 그래서 대인은 선善하면 함께하고, 악惡하면 물러서고, 공公이면 허락하고, 사사私로우면 멀리한다. 그래서 공사公私를 분명히 하려고 사명思明한다.

# 밝음[聰]을 생각한다

"청사총聰思聰한다. '사물을 들을 때는[聽] 밝음을 [聰] 생각한다[思].'"

《논어》의 〈계씨〉 편에 나오는 공자의 말씀이다. 대인은 생각할 때 늘 아홉 가지를 떠나지 않는다. 이를 '군자유구사君子有九思'라고 한다. 사총思聰도 그중 하나다. 밝음[聰]은 모든 것을 다 드러나게 한다. 선善도 드러나고 악惡도 드러나며, 공公도 드러나고 사私도 드러난다. 선善하고 공公하면 들어주고, 악惡하고 사私하면 흘려버리기 위해서는 마음가짐이 늘 밝아야[聰] 한다. 그래서 대인은 말을 들을 때 늘 사총하는 것이다. 사총하면 귀가 얇다는 말은 듣지 않는다. 이 사람 말을 듣고도 흥하고 저 사람 말을 듣고도 흥한다면 심지心志가 없는 것이다. 심지가 없으면 공사公私를 분명히 할 수 없다. 소인은 시류時流에 따라 흘러가되, 맑은 물에는 고기가 살지 못한다면서 탁한 물을 좋아한다. 그러나 대인은 물이 맑으면 갓끈을 씻고 물이 흐리면 발을 씻는다는 말을 알아듣는다. 그래서 대인은 선하면 함께하고, 악하면 물러서고, 공公이면 허락하고, 사사로우면 멀리한다. 그래서 공사를 분명히 하려고 사총한다.

# 따뜻함[溫]을 생각한다

"색사온色思溫한다. 사람을 마주할 때는[色] 따뜻함을[溫] 생각한다[思]."

《논어》의 〈계씨〉 편에 나오는 공자의 말씀이다. 대인은 생각할 때 늘 아홉 가지를 떠나지 않는다. 이를 '군자유구사君子有九思'라 고 한다. 사온思溫도 그중 하나다. 따뜻함[溫]은 사람뿐만 아니라 모든 목숨을 안아 들인다. 사랑은 따뜻하지 차갑지 않다. 냉랭한 품에는 새끼가 안기지 않는다. 대인은 사람을 대할 때 늘 온화한 표정을 짓는다. 대인은 죄를 미워하되 사람을 미워하지 말라는 말을 결코 어기지 않는다. 사람을 동정해서가 아니라 모든 사람 은 소중하다는 것을 아는 까닭이다. 그래서 대인은 매정한 얼굴 로 사람을 하대하는 일이 결코 없다. 그러나 소인의 얼굴은 형편 따라 표변한다. 자신에게 이로우면 웃는 얼굴이 되고 자신에게 해로우면 단박에 굳어지면서 싸늘해진다. 소인의 마음은 이利롭 다 싶어야 따뜻한 척하고 해害롭다 싶으면 금방 돌아서 버린다. 그래서 소인의 온화溫和는 이해利害에 따라 오락가락하고 대인의 온화溫和는 한결 같다. 소인은 냉소冷笑를 잘 짓고 대인은 늘 미 소微笑를 짓는다.

# 공손함[恭]을 생각한다

"모사공貌思恭한다. 사람을 마주할 때는[貌] 공손함을[恭] 생각한
다[思]"

《논어》의 〈계씨〉편에 나오는 공자의 말씀이다. 대인은 생각
할 때 늘 아홉 가지를 떠나지 않는다. 이를 '군자유구사君子有九
思'라고 한다. 사공思恭도 그중 하나다. 공손함[恭]은 사람뿐만 아
니라 모든 목숨을 귀하게 여긴다. 귀하게 여기면 모든 것이 다
소중해진다. 두 마리 소[牛] 가운데 어느 놈이 일을 더 잘하느냐
고 물었더니 귀에 대고 검은 소가 더 잘한다고 속삭인다. 그런
걸 가지고 뭘 귀에 대고 속삭이느냐 물었더니 황소가 들으면 서
운해할 것이 아니냐는 것이다. 두 마리 소를 부려서 밭갈이를 하
던 그 농부는 소를 존중했던 것이다. 그런 농부의 몸가짐을 일러
사공思恭이라고 한다. 사공하지 않는다면 큰 소리로 "검은 소가
황소보다 일을 더 잘한다."고 소리쳤을 것이다. 하물며 사람을
마주할 때 몸가짐이란 두말할 것이 없다. 공손한 몸가짐은 굽실
거림이 아니다. 겸허한 마음가짐이라야 공손한 몸가짐이 드러난
다. 익은 이삭일수록 고개를 숙이고 깊은 물일수록 조용히 흐르
는 이치를 공손한 사람은 터득하고 있다.

# 진실함[忠]을 생각한다

"언사충言思忠한다. 말할 때는[言] 진실함을[忠] 생각한다[思]."

《논어》의 〈계씨〉 편에 나오는 공자의 말씀이다. 대인은 생각할 때 늘 아홉 가지를 떠나지 않는다. 이를 '군자유구사君子有九思'라고 한다. 사충思忠도 그중 하나다. 진실함[忠]은 마음속에 거짓이 없음을 말한다. 그래서 충忠을 저버린 마음을 일러 사詐라고 한다. 속임수詐가 마음에 없음을 일러 충忠이라 한다. 소인은 겉[表] 다르고 속[裏] 다르기를 밥 먹듯이 하지만 대인은 표리表裏가 따로 없다. 그래서 대인은 알면 안다 하고 모르면 모른다 하므로 투명하다. 그러나 소인은 알아도 모른 척하고 몰라도 아는 척 하므로 한 길 사람 속을 알 수 없다고 하는 것이다. 그래서 대인은 사무사思無邪를 심중에 담고 살고, 소인은 사무사를 입에 담고 산다. 마음에 숨김도 속임도 없음을 일러 사무사라고 한다. 소인은 입으로는 사무사를 말하면서도 마음은 속셈을 따지면서 눈치를 본다. 하지만 대인은 그런 속셈을 버리고 솔직하게 저울질하여 무거우면 무겁다 하고 가벼우면 가볍다 한다. 그래서 사내의 말 한 마디는 중천금重千金이라 하는 것이다. 대인이 말을 아끼는 것은 말이 곧 충성忠誠임을 아는 까닭이다.

# 공경함[敬]을 생각한다

"사사경事思敬한다. 일할 때는[事] 공경함을[敬] 생각한다[思]."

《논어》의 〈계씨〉 편에 나오는 공자의 말씀이다. 대인은 생각할 때 늘 아홉 가지를 떠나지 않는다. 이를 '군자유구사君子有九思'라고 한다. 사경思敬도 그중 하나다. 진선폐사陳善閉邪를 한 마디로 경敬이라고 한다. '선을[善] 펴고[陳] 악을[邪] 막는다[閉].' 일할 때는 선한 일인지 악한 일인지를 생각하고, 선하면 정성껏 일하고 악하면 서슴없이 버리라 함이 사경思敬이다. 두루 모두를 위하는 일이면 선하므로 정성껏 다하면 그것이 곧 진선陳善이고, 자기 자신이나 패거리에는 좋지만 다른 패거리에겐 나쁜 일이면 악하므로 그런 일을 팽개치면 그것이 곧 폐사閉邪이다. 공명정대公明正大란 곧 진선陳善을 밝힘이요, 곧 경敬을 실천함이다. 존경尊敬과 공경恭敬은 경敬을 받들라 함이다. 대인은 매사에 공명정대公明正大하므로 일을 공경恭敬하고, 소인은 매사에 이해득실利害得失로 따지므로 일을 사용하려고 수작을 부린다. 그래서 대인이 정치를 하면 잘사는 세상이 일궈지지만 소인이 정치를 하면 제 패거리만 잘산다고 하는 것이다.

# 묻기[問]를 생각한다

"의사문疑思問한다. 의심날 때는[疑] 묻기를[問] 생각한다[思]."

《논어》의 〈계씨〉 편에 나오는 공자의 말씀이다. 대인은 생각할 때 늘 아홉 가지를 떠나지 않는다. 이를 '군자유구사君子有九思'라고 한다. 사문思問도 그중 하나다. 의疑는 혹惑이다. 잘 알지 못함이 곧 의혹疑惑이다. 사람들을 헷갈리게 할수록 의혹은 불어나고, 세상이 쑤군대기 시작하면서 유언비어流言蜚語가 사람들을 어리둥절하게 만든다. 그렇게 되면 대인은 난세亂世로 여기고 두려워하지만 소인은 난세를 틈타 한몫 볼 생각으로 투기를 마다하지 않는다. 그런 까닭에 대인은 일이 분명치 못할수록 질문을 던져서 분명하게 밝힐 수 있기를 생각한다. 모르면 그냥 넘어가는 것이 아니라 모르므로 물어볼 내용을 생각한다. 그러나 소인은 의혹이 생겨도 이용할 수 있는 것을 찾아내 자신에게 유리한 패를 잡으려고 술책을 마다하지 않는다. 그래서 의혹이 깊어질수록 술수가 난무하고 남을 등치는 일이 빈번하게 발생하여 세상이 갈등葛藤하는 것이다. 대인은 의혹스러울수록 어려움을 마주해 세상을 얽히게 하는 줄거리의 뿌리를 찾아내 잘라 버리기 위하여 논란論難한다.

# 어려움[難]을 생각한다

"분사난(忿思難)한다. 성날 때는[忿] 환난을[難] 생각한다[思]."

《논어》의 〈계씨〉편에 나오는 공자의 말씀이다. 대인은 생각할 때 늘 아홉 가지를 떠나지 않는다. 이를 '군자유구사(君子有九思)'라고 한다. 사난(思難)도 그중 하나다. 분(忿)은 어려움[難]의 꼬투리가 될 수 있다. 성[忿]을 참지 못해 살인(殺人)도 하고 제 집에 불도 질러 버린다. 소인은 분(忿)에 놀아나 화(禍)를 불러오고, 대인은 분(忿)을 참아 닥쳐올지 모르는 화(禍)를 미리 막는다. 대인은 불이 나서 물로 끄는 것보다 불을 내지 않는 것이 낫다는 것을 알지만 소인은 알지 못한다. 그래서 대인은 분(忿)한 일이 생기면 환난(患難)을 먼저 살펴보아 흉한 일을 당하지 않는다. 그러나 소인은 분(忿)하면 그만 고삐 풀린 망아지처럼 날뛰다가 제 손의 도끼로 제 발등을 찍는 어리석음을 범하고 흉한 꼴을 당한다. 홍수가 나면 둑을 쌓아야지 둑을 허물어서는 안 된다. 대인은 분함을 참아 낼 줄 알지만 소인은 분함을 참을 줄 모르고 앙갚음하려고만 한다. 그래서 혹 떼려다 혹을 더하고 흉해지고 만다. 분사난(忿思難)의 지혜를 터득하지 못한 탓이다.

# 옳음[義]을 생각한다

"견리사의見利思義한다. 이득을[利] 보면[見] 옳음을[義] 생각한다[思]."

　《논어》의 〈계씨〉 편에 나오는 공자의 말씀이다. 대인은 생각할 때 늘 아홉 가지를 떠나지 않는다. 이를 '군자유구사君子有九思'라고 한다. 사의思義도 그중 하나다. 견리見利는 이득利得을 마주함이다. 이득을 마주할 때는 그 이득이 마땅한 것인지 마땅치 않은 것인지를 먼저 살펴보라 함이 사의思義이다. 마땅한 이득이라면 취해서 흉할 것이 없지만 마땅치 않은 이득을 취하면 반드시 흉한 꼴로 드러난다. 밥이라고 해서 다 같은 밥이 아니라 낚싯밥도 있고 쉰밥도 있는 법이다. 이득을 취했다가 걸려들면 낚시의 미끼를 문 셈이고, 탈이 난다면 쉰밥을 먹어 배탈이 난 꼴이다. 본래 이利를 탐하면 덫에 걸려들게 마련이다. 이利는 땀 흘린 보람이어야 이롭지 그렇지 않으면 꼭 뒤탈이 생긴다. 세상에 공짜란 없다. 낚시꾼이 밑밥을 공연히 풀겠는가? 오직 고기를 낚기 위해 밑밥을 던지는 것이다. 소인은 견리見利하면 덜컥 물어 버리고, 대인은 견리見利하면 가시나무에 걸린 연을 바라보듯한다.

# 남이 몰라주어도 연연하지 않는다

"불환인지부기지不患人之不己知하고 환기무능야患己無能也이다. 남들[人]이[之] 나를[己] 몰라줄까[不知] 걱정하지 말고[不患], 나에게[己] 능력이[能] 없을까를[無] 걱정하는 것[患]이다[也]."

《논어》의 〈헌문憲問〉편에 나오는 공자의 말씀이다. 소인은 '불기지不己知'를 걱정하지만 대인은 '기무능己無能'을 걱정한다. 대인은 남들이 자기를[己] 몰라주는 것[不知]을 고마워한다. 그러나 소인은 자기를[己] 몰라주는 것[不知]을 괴로워하면서 왜 나를 대접해 주지 않느냐고 행패를 부린다. 소인이 이러는 것은 '자신에게[己] 능력이[能] 없음[無]'을 모르고 '자신에게[己] 능력이[能] 있다[有]'고 착각하고 살기 때문이다. 대인은 세상 사람들이 자기를 저울대에 올려놓고 자신의 능력을 달아 보면서 시험하고 있는 줄을 알지만 소인은 모른다. 그래서 대인은 늘 '자신에게[己] 능력이[能] 없음[無]'을 걱정하면서 자신의 능력을 연마하기 위해 남몰래 노력한다. 물론 여기서 말하는 능력이란 돈을 벌고 기술을 발휘하는 능력이 아니라 덕德을 베푸는[施] 능력이다. 소인은 시덕施德의 능력을 소인은 가장 낮게 치지만 대인은 시덕을 최고로 여기고 늘 유념한다.

# 천명(天命)을 알아야 한다

"외천명畏天命한다. 하늘의[天] 가르침을[命] 두려워한다[畏]."

《논어》의 〈계씨〉 편에 나오는 공자의 말씀이다. 대인은 생각할 때 늘 세 가지를 두려워한다. 이를 '군자유삼외君子有三畏'라고 한다. 천명天命도 대인이 두려워하는 것 중에 하나다. 천명의 명命은 가르침[敎]도 되고 부림[使]도 된다. 하늘이 하라면 하고, 하지 말라면 하지 않는 것이 곧 천명을 두려워함[畏]이다. 그러나 소인은 천명이 무엇인지 몰라 천명을 두려워하지 않고 어긴다. 그러나 대인은 천명을 알므로 천명을 따른다.

민심民心은 천명의 모습이다. 그래서 민심을 천심天心이라고도 한다. 세상이 좋아하면 그것이 곧 하늘의 가르침이요, 부림이다. 반대로 세상이 싫어하면 그 또한 하늘의 가르침이요, 부림이다. 대인은 세상 인심을 스승으로 삼지만 소인은 세상 인심을 얕본다. 어찌하여 소인이 세상의 손가락질을 받겠는가. 천명을 두려워하지 않아서이다. 살인殺人만 천벌을 받는 것이 아니다. 세상 인심을 배반하면 반드시 천벌을 받는다. 소인의 부정 부패 따위가 천명을 얕보다가는 천벌을 받는다. 대인이 당당함은 천명, 즉 세상 인심을 두려워하는 덕德이다.

# 성인(聖人)의 말씀을 들어라

"외성인지언畏聖人之言한다. 성인聖人의[之] 말씀을[言] 두려워한다[畏]."

《논어》의 〈계씨〉 편에 나오는 공자의 말씀이다. 대인은 생각할 때 늘 세 가지를 두려워한다. 이를 '군자유삼외君子有三畏'라고 한다. 성인지언聖人之言도 대인이 두려워하는 것 중에 하나다. 진실에 사무침을 성聖이라 한다. 그 진실함이란 곧 하늘의 가르침 또는 시킴을 뜻한다. 그래서 천명을 따라 살면서 천명을 깨우친 사람을 일러 성인聖人이라고 한다. 공자는 천명을 인의仁義로 깨우친 셈이고, 노자는 천명을 무위無爲로 깨우친 셈이다. 그래서 대인大人은 불인不仁과 불의不義를 두려워하고, 인위人爲의 작란作亂을 두려워한다. 이는 곧 대인이 성인의 말씀을 두려워함이다.

두려워함[畏]이란 무서워함[恐]이 아니다. 두려워함은 더없이 우러러 받드는 마음이 드러남이고, 무서워함은 싫어서 멀리하는 마음이 드러남이다. 그러나 소인은 두려움의 참뜻을 모른다. 그래서 소인은 성인의 말씀을 우습게 여기고 불인과 불의, 그리고 작란을 일삼는다.

# 다투지 않는다

"군자君子는 무소쟁無所爭한다. 군자에게는[君子] 다투는[爭] 바가
[所] 없다[無]."

《논어》의 〈팔일八佾〉 편에 나오는 공자의 말씀이다. 대인은 화
합하기를 좋아하고 소인은 패 가르는 것을 좋아한다. 화합하면
다툴 일이 없지만 패를 지으면 일마다 겨루어야 하므로 서로 다
투게 된다. 남의 밥에 있는 콩이 더 커 보이는 것은 제 몫 다툼을
하려는 마음 때문이다. 사촌이 논을 사면 배가 아픈 것도 제몫이
불어나지 않아 시샘하는 것이다. 소인은 시샘을 일삼지만 대인
은 늘 너그럽게 넘어간다. 될 일도 안 되는 까닭은 다툼 탓이라
는 것을 대인은 알지만 소인은 그런 줄 모르고 다투다 안 되면
송사訟事를 마다하지 않는다. 걸핏하면 법대로 하자고 삿대질하
는 사람과 다툴 것 없다. 물러서면 손해보는 것처럼 보이지만 지
나고 보면 물러서서 덜 빼앗겼음을 깨닫게 될 것이다. 그래서 대
인은 다툴 일이라면 아예 손사래를 치고 멀리한다. "똥이 무서워
서 피하겠는가. 더러워서 피하지."라는 속담의 참뜻을 대인은 잘
안다. 소인은 밟고 간 뒤에 씻으면 그만이라고 호언하면서 다툼
을 일삼다가 속병을 얻는다. 그래서 소인은 다투며 앓고 살지만
대인은 너그러워 편히 산다.

# 공자가 두렵다

"자절사子絶四한다. 공자는[子] 네 가지를[四] 끊었다[絶]."

《논어》의 〈자한子罕〉편에 나오는 내용으로, 누군가가 공자가 성인聖人임을 절사絶四라는 한 마디로 밝힌 것이다. 무의毋意 - 무필毋必 - 무고毋固 - 무아毋我 이 네 가지가 절사絶四이다. 제멋대로 생각함이 없음이 무의毋意이고, 반드시 그래야 함이 없음이 무필毋必이며, 꼭 그런 것이라 하는 것이 무고毋固이며, 내 몫만을 챙김이 없음이 무아毋我이다. 무無 - 무无 - 무毋 는 모두 '무엇이 없다'는 뜻을 가진 같은 말이다. 어찌하여 대인이 공자를 두려워하는지 이 절사를 새겨 보면 알 수 있다.

성인은 결코 함부로 생각하지 않으니 대인은 성인의 말씀을 두려워한다. 또 성인은 기필코 결딴이란 없으니 대인은 성인의 거취를 두려워한다. 또 성인은 고집하지 않으므로 대인은 성인의 견해를 대인은 두려워하고, 성인은 자신을 앞세우지 않으므로 대인은 성인의 결정을 두려워한다. 그러나 소인은 이러한 성인聖人을 두고 줏대가 없다면서 비웃고 제멋대로 생각하며, 걸핏하면 목숨을 걸자 하며, 일마다 고집을 부리고, 자신의 몫이 없으면 용납할 수 없다고 두 주먹을 쥔다.

# 지나침도 모자람도 없어야 한다

"과유불급過猶不及하다. 지나침은[過] 모자람과[不及] 같다[猶]."

《논어》의 〈선진先進〉편에 나오는 공자의 말씀이다. 지나침도 [過] 중용中庸을 어긴 어긋남이고, 모자람도[不及] 중용을 어긴 어 긋남이다. 알맞음[中]을 잘 써야[庸] 모든 것이 바라는 대로 드러 난다. 그러나 무엇을 탐하는 것은 알맞음을 잊어버려 지나친 셈 이고, 무엇을 버리는 것 또한 알맞음을 잊어버려 모자란 것과 같 다. 그래서 대인은 늘 시중時中을 좇아 자신의 마음을 단련한다. 시중이란 늘 저울질하는 마음가짐으로 행동한다는 말이다. 저울 대가 평행을 유지하면 눈금을 재는 저울추와 저울에 올린 물건 이 적중的中의 관계를 갖게 된다. 딱 들어맞는 것[的中]을 바라고 생각하며 행동한다면 지나쳐서 넘칠 일도 없고 모자라서 처질 일도 없다. 대인은 늘 이것을 유념하지만 소인은 적중보다 다다 익선多多益善을 탐한다. 어째서 잘하려 했던 일이 잘못되는 꼴로 드러날까? 시중時中을 잊어버림으로써 생각과 행동이 적중을 잃 어버린 까닭이다. 대인은 일을 꾀할 때 본말本末을 분명히 하여 적중하려고 하지만 소인은 이해利害를 따져 이익利益만을 탐하려 한다.

# 중용(中庸)은 덕(德)이다

"중용지위덕야中庸之爲德也이다. 중용中庸이 란[之] 덕德이라는 것[爲]이다[也]."

《논어》의 〈옹야雍也〉편에 나오는 공자의 말씀이다. 알맞음[中]을 잘 쓰면[庸] 일마다 덕德으로 드러난다. 덕德을 통어천지通於天地라고도 풀이한다. '천지天地에 [於] 두루 통함[通]'이 덕德이라는 것이다. 그래서 공자는 덕불고德不孤라 했다. 즉 '덕은[德] 외롭지 않다[不孤].'는 말이다. 중용中庸은 어디서나 막히지 않고 통하므로 덕德이라고 한 것이다. 후덕厚德하면 일이 잘 풀리지만 부덕不德하면 될 일도 풀리지 않는다. 시중時中을 잃어 적중的中을 얻지 못했기 때문이다. 대인은 어려운 일일수록 순리를 찾아 어긋나지 않기 위해 애쓴다. 그러나 소인은 어려운 일을 당하면 꼼수를 써서 샛길을 찾아 요행을 바란다. 소인들의 이러한 작란 탓에 세상에 부정부패가 만연해진다. 오죽하면 미꾸라지 한 마리가 방죽물을 흐린다고 했겠는가. 그러면 소인은 맹물에서는 물고기도 살지 못한다며 억장을 놓고 떼를 쓰면서 중용이 밥 먹여 주느냐고 삿대질을 한다. 이처럼 소인은 부적을 일삼아 세상을 어지럽히지만 대인은 늘 후덕厚德해 살맛 나게 한다.

# 의(義)를 밝히다

"군자유어의君子喩於義한다. 군자君子는 의義를[於] 밝힌다[喩]. 소인유어리小人喩於利한다. 소인小人은 이利를[於] 밝힌다[喩]."

《논어》의 〈이인〉편에 나오는 공자의 말씀이다. 의義를 쉽게 말하면, 이로울 때는 남을 먼저 하고 자기를 뒤로 함이며, 해로울 때는 자기를 먼저 하고 남을 뒤로 함이다. 이런 의義를 두고 선공후사先公後私라고 한다. 의義를 버린 것을 두고 자신을 부끄러워하는 사람을 일러 대인이라 하고, 부끄러워할 줄 모르는 사람을 일러 소인이라고 한다.

의義를 밝힘이란 공리公利를 위해 헌신한다는 말로 들어도 된다. 반대로 이利를 밝힘이란 사리私利를 위해서만 마음 쓴다는 말로 들으면 된다. 대인은 모두에게 이로운 것을 의義라고 믿는다. 그래서 대인이 의리義利라고 할 때는 의義와 이利가 같다. 그러나 소인은 자기 자신에게 이로운 것을 의義라고 여긴다. 그래서 소인이 의리義利라고 할 때의 이利는 사리私利이므로 의義는 불의不義인 셈이다. 이처럼 대인이 바라는 이利와 소인이 바라는 이利는 서로 다르다.

# 결기(潔己)한다면

"인결기이진[人潔己以進]하면 여기결야[與其潔也]이고 불보기왕야[不保其往也]이다. 사람이[人] 자신을[己] 씻고[潔]서[以] 새로 나아간다면[進] 그의[其] 씻음을[潔] 도와둘 것[與]이지[也] 그의[其] 과거를[往] 탓하지 않는 것[不保]이다[也]."

《논어》의 〈술이〉편에 나오는 공자의 말씀이다. 결기이진[潔己以進]은 개과천선[改過遷善]과 같은 말이다. '잘못을[過] 고쳐[改] 선으로[善] 옮겨간다[遷].' 이는 곧 허물[過]을 고치면 허물[過]이 아니라는 말이다. 그러나 허물을 짓고도 고치지 않고 숨기거나 감추면서 시치미 떼면 그 허물이 죄[罪]가 된다. 대인도 사람인 만큼 허물을 짓는다. 그러나 대인은 허물인 줄 알면 재빨리 그것을 부끄러워하고 뉘우치며, 곧장 세상에 드러내 용서를 빈다. 허물이 크면 자결[自決]하기도 한다. 그러나 소인은 온갖 수단을 동원해 자신의 허물을 은폐하기 위해 잔꾀를 부리고 꼼수를 쓴다. 손바닥으로 하늘을 가리는 것이다. 그래서 소인의 잘못은 과거의 짓일지라도 단죄[斷罪]해야 하는 것이다. 과거의 잘못을 묻지 않아도 되는 경우란 진심으로 '결기[潔己]'한 경우일 뿐이다.

# 삶이 정직해야 한다

"인지생야직人之生也直이고 망지생야행이면罔之生也幸而免이다. 사람[人]의[之] 삶[生]이란[也] 정직이고[直], 그 정직이[之] 없는[罔] 삶[生]이란[也] 요행으로[幸而] 환란을 피한 것이다[免]."

《논어》의 〈옹야〉 편에 나오는 공자의 말씀이다. 세상살이를 살얼음판 같다고 한다. 그래서 한 발짝이라도 잘못 디디면 큰 일이 난다. 왜 그러한가? 정직하지 못한 용심用心들이 세상을 흔들고 있기 때문이다. 여기서 직直은 '무자기無自欺'를 한 마디로 표현한 것이다. '스스로[自] 속임이[己] 없다[無].' 남을 속이려면 두 번을 속여야 한다. 나를 속인 뒤에야 남을 속일 수 있기 때문이다. 그래서 속임수를 일러 곡曲이라 하는 것이다. 정직하지 못한 삶을 요행이라 하는 것은 속임수가 탄로나지 않기를 바라기 때문이다. 도둑이 제발 저린다고 했다. 정직하지 못하면 비록 세상은 몰라도 나는 알고 있다. 당당하고 의젓하게 세상을 바라보고 싶다면 모든 일에 정직正直하면 된다. 사람들 눈이 무서운 것은 정직하지 못한 까닭이다. 이렇게 되면 정당하게 삶에 임하는 경우보다 요행을 바라는 경우가 더 많아진다.

# 현자(賢者)를 만나면

"견현사제언[見賢思齊焉]이며 견불현이내자성야[見不賢而內自省也]이다. 현명한 사람을[賢] 만나면[見] 그와 같기를[齊] 생각하는 것[思]이고[焉], 현명치 못한 사람을[不賢] 만나[見]면[而] 마음속으로[內] 스스로[自] 성찰해 보는 것[省]이다[也]."

《논어》의 〈이인〉편에 나오는 공자의 말씀이다. 수기[修己]란 바로 이런 것이다. 나를[己] 닦음[修]이란 사제[思齊]와 자성[自省]으로 이루어진다. 사제[思齊]는 사동[思同]과 같은 말이고, 자성[自省]은 자명[自明]과 같은 말이다. 현자[賢者]를 만나 나도 현자가 되기를 바라는 것이 사제[思齊]이고, 못된 사람, 즉 불현자[不賢者]를 만나 스스로 살피고 나도 현명하지 못한 사람은 아닌지를 살핌이 곧 자성[自省]이요, 자명[自明]이다. 그런데 소인은 현자를 만나면 어리석은 놈이라고 흉보려 하고, 불현자를 만나서는 오히려 닮아 가려고 속셈한다. 현명한 사람은 하나를 보면 둘을 알지만 현명치 못한 사람은 하나밖에 모른다. 현자는 통하는 길을 찾아 미래를 열어가고, 불현자는 막힌 길을 고집해 맴돌기를 반복하면서도 그런 줄을 모른다.

# 5. 존심(存心)의 길잡이


명상冥想은 자치自治를 떠날 수 없다. 명상은 스스로 자신[自]을 다스리기[治]는 길이다. 생활 속에서 마음이 편안하고 당당하며 의젓하게 살 수 있는 자치의 길을 터 주는 명상이 있다. 맹자孟子의 이야기를 들으면 그런 명상을 누리면서 푹 쉴 수 있다. 솔직히 말해 노자나 장자는 현실을 밀어내고 마음의 안녕만을 누리라고 한다. 그래서 노장老莊의 말은 현실 생활로 돌아오면 겉돌게 마련이다.

그러나 맹자의 말씀은 현실 생활과 직결되어 있다. 맹자가 밝힌 '낙이천하樂以天下하고 우이천하憂以天下한다.'는 말에서도 볼 수 있듯이 세상 일을 돌려놓고서는 말할 수 없다는 것이다. '세상 일을[天下] 가지고[以] 즐기고[樂], 세상 일을[天下] 가지고[以] 걱정한다[憂].' 물론 맹자가 밝히는 생활의 '낙우樂憂'는 공자의 정신을 근본으로 삼는다. 누구나 세상 일을 마주하려면 삶이 즐거울 수도 있고 걱정되기도 할 수밖에 없다.

그러나 공자가 걸어둔 명경明鏡 앞에 서면 자신을 부끄러워하고 뉘우치는 사람들이 자벌自伐의 무리보다 훨씬 많다는 것을 알 수 있다. 그래서 세상은 사필귀정이라는 말을 믿고 내일을 바라보면서 봄에 씨를 뿌리고 거름을 주고 북을 주며 가을을 기다리는 농부農夫를 닮은 것이다. 자신을 부끄러워하는 사람은 언제든 세상을 올곧게 할 수 있는 대인大人이 될 수 있다. 공자가 걸어 둔 명경 앞에 섰다가 명상에 든다면 누구나 대인으로 돌아가 단잠을 누리고 내일을 오늘보다 환하게 치세治世할 수 있다.

# 어질면 맞수가 없다

"인자무적仁者無敵이다." '어진[仁] 사람에게는[者] 맞수가[敵] 없다[無]'는 말로 《맹자孟子》의 〈양혜왕장구梁惠王章句 상上〉 편에 나오는 말씀이다.

어짊[仁]은 아끼고 사랑하라는 천명天命이다. 그러므로 인자仁者는 천명을 가장 먼저 좇는 자인 동시에 남을 사랑할 줄 아는 분이다. 남을 배려하는 것, 그것이 곧 어짊이고, 남을 이해하고 용서하는 것, 그 또한 어짊이며, 풀 한 포기라도 소중히 여기는 것 그 역시 어짊이다. 그러니 애인愛人만 인仁이 아니라 애물愛物도 인仁이다. 물론 인仁도 중용中庸을 벗어나서는 안 된다. 애완견 그것은 사랑한다기보다는 개를 소유욕所有慾의 놀림거리로 여기는 것에 불과하다. 개는 개로 대접해 줘야지 사람인 양 옷을 입혀 안고 다니거나 줄에 묶어 끌고다니는 것은 개를 사람의 소유물로 전락시키는 짓일 뿐이다. 꽃을 좋아하면 인仁이다. 그러나 예쁘다고 꺾어다 꽃병에 꽂으면 불인不仁이다. 하물며 사람을 소유물처럼 여기고 편애偏愛하는 것은 매우 못된 불인이어서 원망을 사고 심하면 원한을 사기도 한다. 애증愛憎은 그래서 일어난다. 그러나 사랑이 알맞으면 천하에 적敵이 없다.

# 삶의 즐거움이란

"낙취어인이위선樂取於人以爲善한다." '남[人]에게서[於] 취한 것을 [取] 활용하여[以] 선을[善] 행하기를[爲] 즐겨했다[樂]'는 말로, 《맹자》의 〈공손추장구公孫丑章句 상上〉편에 나오는 말씀이다.

술 마시고 춤추고 노래부르며 한 판 놀이를 벌인다고 해서 삶의 즐거움을 누리는 것은 아니다. 물론 이렇게 하면 한순간은 삶의 짓눌림에서 풀려날 수 있다. 이를 가리켜 '스트레스를 푼다'고 한다. 하지만 이렇게 한다고 해서 마음이 후련해지는 것은 아니다. 한순간 긴장을 모면한다고 해서 즐거운 삶으로 이어지는 것은 아니니 말이다. 아무리 궁색하더라도 선善을 행하면 즐거운 삶이 이루어진다. 내가 궁색하다고 남을 해치는 삶이야말로 악惡이다. 궁핍함은 나를 괴롭힐지언정 나를 죄인罪人으로 만들지는 못한다. 그러나 악惡을 범하면 죄인이 되고 만다. 죄인이 되면 삶의 즐거움은 사라진다. 그래서 선한 사람에게서는 그 선행善行을 취하고, 악한 사람에게서는 그를 거울삼아 악惡을 범하지 않게 됨을 '위선爲善'이라고 여긴다면 삶은 즐거워진다. 선善을 행함[爲]이란 곧 삶을 편안하게 하는 정도正道이다.

# 공손(恭遜)한 사람은

"공자불모인恭者不侮人한다." '공손한〔恭〕 사람은〔者〕 남을〔人〕 업신여기지 않는다〔不侮〕.' 는 말로,《맹자》의 〈이루장구離婁章句 상上〉 편에 나오는 말씀이다.

더없이 선善에 충직忠直함을 일러 공恭이라 한다. 공손한 사람은 불선不善 앞에서도 서슴없이 불공不恭하다. 그래서 '책난어군責難於君'을 공恭이라고 한다. 공손한 사람은 임금 앞에서도 거침없이 어려운 일〔難〕을 두고 따지기〔策〕를 그만두지 않는다. 오로지 선善 앞에서만 굽실거릴 뿐 그 상대가 임금이라도 불선不善하면 거리낌 없이 문책하고 나선다는 것이다. 그런 까닭에 공恭은 하심下心으로 통한다. 진실로 공손한 사람은 아랫사람을 극진히 아끼고 보살핀다. 그러나 윗사람에 대해서는 윗사람이 올바를 때만 극진히 받들어 모실 뿐이다. 대인은 공손하지만 소인은 불공不恭하다. 소인은 윗사람에게는 굽실거리지만 아랫사람에게는 오만하고 방자하다. 힘 없는 사람을 얕보는 것보다 더한 모멸侮蔑을 없다. 지렁이도 밟으면 꿈틀거린다는 말이 있다. 이런 속담은 소인의 불공不恭 때문에 생긴 것이다. 사람〔人〕을 업신여기면〔侮〕 반드시 앙갚음이 뒤따라온다.

# 검소(儉素)한 사람은

"검자불탈인[儉者不奪人]한다." '검소한[恭] 사람은[者] 남에게서[人] 빼앗지 않는다[不奪]' 는 말로,《맹자》의 〈이루장구 상〉편에 나오는 말씀이다.

사자[奢者]는 방자[放恣]하다고 한다. 사자[奢者]는 검자[儉者]의 반대말이다. 사치스러운[奢] 사람은[者] 낭비할 수밖에 없다. 그래서 남의 것을 빼앗기를 마다하지 않는다. 그러나 수수한[儉] 사람은 늘 제 것에 만족하므로 부족함이 없다. 만족하는 사람이 부자[富者]다. 검자[儉者]는 제 것으로 만족할 줄 알므로 남의 것을 빼앗는 법이 없다. 또 무엇이든 아껴 쓰므로 버리는 일도 없다. 그러나 지금 사람들은 걸핏하면 멀쩡한 물건을 버리고 새것으로 바꾸면서 쓰레기를 만들어 낸다. 이는 검자이기를 마다하고 너도나도 앞 다투어 사자이기를 바라는 까닭일 것이다. 이런 아수라장에서 한 발짝만 물러나 검자의 삶을 누리려고 한다면 사는 일이 그만큼 덜 부담스럽고, 심신이 가벼워질 것이다.

값비싼 명품으로 온몸을 치장하면 삶이 행복해질 것이라 생각하는 것보다 더한 착각은 없다. 검소한 사람은 자신이 가진 것에 만족하면서 부[富]를 쌓아도 정직하게 하므로 존경받는다.

# 물이 맑으면 갓끈을 씻는다

"청사탁영淸斯濯纓하고 탁사탁족濁斯濯足한다." 창랑의 물이 맑으〔淸〕면〔斯〕 갓끈을〔纓〕 씻고〔濯〕 창랑의 물이 흐리〔濁〕면〔斯〕 발을〔足〕 씻는다〔濯〕는 말로,《맹자》의 〈이루장구 상〉편에 나오는 말씀이다.

소인은 남에게 대접받기를 좋아하고 대인은 남을 대접하기를 좋아한다. 그러나 소인은 남들의 대접을 받기 어렵다. 남에게 대접받으려면 자신이 먼저 대접받게 살아가야 한다. 탁한 물처럼 살아가면서 맑은 물 대접을 받을 수는 없는 법이다. 구정물은 하수도下水道로 흘려보내야지 맑은 물이 흐르는 상수도上水道로 흘려보내서는 안 된다. 만일 세상 사람들이 나를 업신여긴다면 그것은 내가 업신여김 당할 짓을 범한 탓일 것이다. 세상은 깨끗하고 멀쩡한 사람을 업신여기지 않는다. 세상이 나를 멸시하는 것을 보고 내가 멸시 당할 짓을 범한 탓임을 빨리 알아챌수록 더러운 물에서 나와 깨끗한 물에 몸을 씻을 수 있다. 더럽게 된 나를 남이 씻어 주기를 바라서는 안 된다. 나 스스로 씻어 내야 한다. 창랑의 물이 맑으면 갓끈을 씻고 더러우면 발을 씻는다는 말을 곰곰이 새겨 보면 그 이유를 알 수 있다.

# 조장(助長)하지 말라

"물조장야勿助長也이다." '잘 자라는 것을﹝長﹞ 거들어 주지﹝助﹞ 말라는 것﹝勿﹞이다﹝也﹞.' 라는 말로, 《맹자》의 〈공손추장구 상〉편에 나오는 말씀이다.

혹 떼려다 혹 하나 더 붙이는 짓을 말라 함이다. 무엇이든 탐하면 탈이 나게 되어 있다. 물조장勿助長하라. 즉 일을 두고 탐하지 말라 함이다. 될 일은 그대로 두어도 잘되지만 안 될 일은 아무리 애써도 안 되는 법이다. 그래서 본말本末을 어긋나지 말게 하라는 것이다.

새싹이 잘 자라지 않는다고 안달하던 사람이 자라는 새싹을 더 잘 자라게 할 요량으로 새싹을 뽑아 올려 주었다. 그러나 억지로 뽑힌 새싹은 결국 시들어 죽고 말았다. 이런 고사故事를 들어 맹자는 '조장助長하지 말라﹝勿﹞'고 우리에게 신신당부해 둔 것이다.

천 리 길도 한 걸음부터라 했다. 첫 술에 배부를 수는 없다. 무슨 일이든 욕심사납게 설치다 보면 되는 일이 없다. 본말이 어긋나면 되는 일이 하나도 없다. 근본이 무엇이고 말단이 무엇인지를 살펴서 선후先後를 지켜 정성을 다하면 그것으로 족하다.

# 군자는 명성을 탐하지 않는다

"성문과정군자치지聲聞過情君子恥之한다." '명성聲聞이 실제[情]보다 넘침[過] 그것을[之] 군자君子는 부끄러워한다[恥].' 는 말로, 《맹자》의 〈이루장구 하〉 편에 나오는 말씀이다.

대인은 실정實情을 따르고 소인은 허세虛勢를 부린다. 대인은 결코 손에 풍선을 들고 허공을 날 생각을 하지 않는다. 그래서 명성이 실제보다 과해지면 몸 둘 바를 몰라 속절없이 숨어 버린다. 그러면 세상은 수군거리면서 없는 일을 만들어 유언비어를 만들어 낸다. 세상이 자신을 두고 별말을 다 해도 대인은 흔들림이 없다. 그러나 요즘은 인기로 먹고 사는 세상이 되어서 백 원어치를 천 원짜리로 만들려 하고, 심하면 만 원짜리로 만들어 과대선전도 마다하지 않는다. 이런 허세는 오직 세상 사람들의 이목을 사로잡아 한 몫 보려는 꿍꿍이에 불과하다. 꿍꿍이란 본래 허세로 포장한 거짓에 불과하다. 이런 거짓은 반드시 험한 꼴을 당하게 마련인지라 끝이 흉할 수밖에 없다.

망신이란 본래 스스로 짓는 허물이지 남이 지어 주는 것이 아니다. 그러나 대인은 이러한 진리를 알고 소인은 모른다. 대인은 과한 명성을 독침毒針으로 여기고 부끄러워한다.

# 구하면 얻는다

"구즉득지求則得之하고 사즉실지舍則失之한다."
'구하면求 곧則 얻고得之 버려 두면舍 곧
則 잃는다失之.'는 말로,《맹자》의 〈진심장
구盡心章句 상上〉편에 나오는 말씀이다.

정신 없이 산다는 말을 자랑처럼 하는 경우가 많
다. 하는 일이 바빠 정신 쓸 시간이 없다는 말이다. 이는 곧 바깥
일 때문에 자신을 돌이켜 볼 시간이 없다는 말이다. 돈벌이와 명
성, 출세에 치닫다 보면 돈벌이가 삶이고 명성이 삶이고 출세가
삶이라는 확신에 차게 된다. 그렇게 되면 돈을 벌면 다행이고 돈
을 잃으면 불행이라는 믿음을 갖게 된다. 또 다행은 선善이고 불
행은 악惡이라는 판단으로 이어지기도 한다. 온갖 수단을 동원해
서라도 돈과 출세, 명성을 거머쥐면 선善이라는 독단에 사로잡혀
불의不義를 범하는 경우가 많다. 그러면 내가 나를 버리는 것이
다. 나를 구하고 싶다면 의義를 목숨처럼 여겨라. 그러니 의義를
구하면 곧 나를 얻는 것이다. 그런즉 수기守己하라 함은 수의守義
하라는 말과 같다. '나를己 지켜라守. 그러면 나를己 구해求
나를己 얻는다得.' 그러면 나는 절로 행복해진다.

# 착한[善] 사람

"가욕지위선可欲之謂善이라 한다." 바라도 좋은 것可欲 그것을之 선善이라 한다謂는 말로,《맹자》의 〈진심장구 하〉 편에 나오는 말씀이다.

누구에게나 바람欲이 있다. 그러나 바라서欲 좋은 것可이 있고 바라서欲 좋지 않은 것不可이 있다. 모두가 좋기를 바라면 그것은 가욕可欲이다. 그러나 나만 좋기를 바라면 그것은 불가욕不可欲이다. 우리는 가욕可欲을 공公이라 하고 불가욕不可欲을 사私라고 한다. 그래서 선善이 무엇이냐고 물으면 한마디로 공公이라 하면 되고, 악惡이 무엇이냐고 물으면 한마디로 사私라고 하면 된다.

살아가면서 늘 부딪치는 것이 공公과 사私이다. 그런데 살아가면서 우리公를 먼저 하고 나私를 뒤로 하기란 참으로 어려운 일이다. 알고 지내는 사람들 중에서도 친하고 싶은 사람이 있는가 하면 친해지지 않고 싶은 사람도 있다. 공公을 앞세우고 사私를 뒤로 하는 사람과는 친하고 싶지만 사만 앞세우고 공을 뒤로 하는 사람과는 친해지고 싶지 않다. 친해지고 싶은 사람이 있는가? 그렇다면 그 사람은 선인善人이다. 어디서나 따돌림당하는 사람은 늘 자기밖에 모른다.

# 믿음직한[信] 사람

"유제기지위신有諸己之謂信이라 한다." '자신[己]에게 그것들이[諸] 있는 것[有] 그것을[之] 믿음직함[信]이라 한다[謂].'는 말로,《맹자》의〈진심장구 하〉편에 나오는 말씀이다.

'유제기有諸己'는 '유지어기有之於己'와 같은 말이다. '자신[己]에게[於] 그것들이[之] 있는 것[有]'을 유제기有諸己라 한다. 여기서 '그것들'이란 '검척애경儉戚愛敬'을 말한다. 즉 검소하고[儉] 피붙이를 아끼고[戚] 남을 사랑하고[愛] 세상을 공경하는[敬] 마음가짐을 일러 유제기有諸己라 하는 것이다. 검소한 사람은 믿을 수 있지만 낭비하는 사람을 믿을 수 없다. 제 피붙이를 아끼는 사람은 믿을 수 있지만 제 가솔을 팽개치는 사람은 믿을 수 없다. 남을 사랑할 줄 아는 사람은 믿을 수 있지만 남을 미워하는 사람을 믿을 수 없다. 세상을 공경하는 사람은 믿을 수 있지만 세상을 얕보는 사람은 믿을 수 없다. 요새는 신용信用이라는 말을 주로 돈 거래를 하는 것으로 따진다. 하지만 본래 신용이라는 말은 살아가면서 검척애경儉戚愛敬의 마음가짐을 잘 활용하느냐 그렇지 못하느냐를 따졌던 엄숙한 말이다.

# 아름다운[美] 사람

"충실지위미充實之謂美이라 한다." '참마음을[實] 다하는 것[實] 그것을[之] 아름다움[美]이라 한다[謂].'는 말로, 《맹자》의 〈진심장구 하〉 편에 나오는 말씀이다.

'충실充實'은 '실實을 다한다[充]'는 '는 말이다. 여기서 실實은 꾸밈없다는 정情과 부끄러워할 것이 없다는 성誠과 같은 뜻이다. 이처럼 충실充實의 실實은 실정實情과 성실誠實을 뜻하므로, 참해서 곱기 짝이 없는 마음가짐을 뜻한다. 참하고 고운 마음[實]이 곧 아름다움[美]이다. 아름다운 마음은 꾸밀 수 없다. 그러나 요새는 드러나는 것만을 가지고 아름다움을 따져 저울질한다. 그러나 사람의 아름다움은 몸에 있는 것이 아니라 마음에 있다. 선善한 마음을 아름답다[美] 하고 악惡한 마음을 더럽다[醜]고 한다. 그래서 선미善美라 하고 악추惡醜라 하는 것이다. 그런데 지금 세상은 충실充實의 미美를 업신여긴다. 꾸미고 닦은 겉보기 아름다움만 살 뿐 마음속의 아름다움은 중요하다고 하지 않는 것이다. 그렇다 보니 성형한 인공 미인人工美人들만 득실거린다. 고운 마음은 평생 아름답지만 다듬어 곱게 꾸민 얼굴은 늙어지면 문드러져 추해질 뿐이다.

# 낭질인(狼疾人)이 되어서야

"양기일지養其一指하면서 이실기견배이부지야而失其肩背而不知也하면 즉위낭질인야則爲狼疾人也이다." '제其 한一 손가락은指 보살피면養서도而 제其 등짝을肩背 잊어버리고失서而 모른다不知면也 곧則 낭질인이狼疾人 되는 것爲이다也.' 라는 말로, 《맹자》의 〈고자장구告子章句 상上〉 편에 나오는 말씀이다.

　'손톱 밑이 곪으면 야단이면서 심장이 곪는 줄은 모른다.' 는 속담이 있다. 그런 사람을 두고 낭질인狼疾人이라고 한다. 손가락 귀한 줄은 알고 등에 병이 난 것은 모르는 자보다 못난 인간은 없다. 여우狼는 의심이 많아서 달리면서도 줄곧 뒤돌아보지만 목덜미에 병이 든 여우는 뒤를 돌아볼 수 없어 쉽게 사냥감이 되고 만다. 사람도 뒤돌아볼 줄 모르면 허방에 빠질 수 있고 올무에 걸려들 수 있으며 덫을 밟을 수도 있다. 밀림이 따로 없다. 삶 자체가 가시밭길이요, 세상은 살얼음판 같다고 한다. 어제를 되돌아보면 오늘을 좀 더 잘 살필 수 있고, 그리하면 내일을 좀 더 잘 치러나갈 일들의 대소大小와 경중輕重, 선후先後를 따질 수 있다. 이렇게 하면 자연스레 낭질인의 어리석음에서 벗어날 수 있다.

# 인의(仁義)란

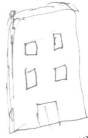

"인인지안택야(仁人之安宅也)이고  의인지정로야(義人之正路也)이다." '어짊은[仁] 사람[人]의[之] 편안한 [安] 집[宅]이고[也], 옳음은[義] 사람[人]의[之] 바른[正] 길[路]이다[也].' 라는 말로,《맹자》의 〈이루장구 상〉편에 나오는 말씀이다.

박새는 가시투성이 찔레 덤불 속에 둥지를 지어 새끼를 키우고, 사람은 가시밭 같은 세상에 편안한 집을 짓고 한 지붕 아래 오손도손 모여 산다. 박새가 사는 둥지 속도 어짊이요, 한 가족이 사는 한 지붕 아래도 어짊[仁]이다. 이해(利害)가 걸리지 않아 더 없이 편안함을 누림을 일러 인[仁]이라 한다. 그래서 어짊[仁]의 모습을 편안한 집[安宅]에 비유하기도 하는 것이다.

아무리 세상이 험하다 하지만 삶의 걸음걸음을 상처 내지 않는 더 없이 안전한 길이 있다. 오고 가는 사람들 모두가 서로 반기고 서로 받드는 그런 길이 있다. 그 길을 가리켜 옳음[義]이라 한다. 그 길에 들면 범한 허물을 스스로 부끄러워하고 뉘우쳐 새 사람으로 거듭난다. 다만 자신을 부끄러워할 줄 아는 자만이 그 길[義]을 갈 수 있다. 그 길[義]로만 걸어가면 언제나 온 세상이 안택(安宅)인 어짊의 집이 되어 살게 한다.

# 패(覇)가 무섭다

"이력가인자패以力假仁者覇이다." '힘을[力] 가지고[以] 어진[仁] 척
하는[假] 것이[者] 패이다[覇].' 라는 말로, 《맹자》의 〈공손추장구
상〉편에 나오는 말씀이다.

　재물財物과 권세權勢, 무력武力, 자금資金 등이 곧 힘[力]이다. 이
런 힘을 가지고 사람을 굴복시키려고 하는 것을 일러 패覇라 한
다. 패覇는 사람을 굴복시키려고만 할 뿐 사람을 사랑할 줄은 모
른다. 패覇는 사람을 이용해서 부리려고만 할 뿐 사람을 돕고 보
살펴 용서할 줄은 모른다. 굽실거리면 살려주고, 어기면 사정없
이 베어 버리는 칼이 곧 패覇이다. 그 칼자루를 쥐고 세상을 호령
하는 인간을 일러 패자覇者라고 한다. 패자가 세상을 난도질하면
폭군도 되고 독재자도 된다. 이런 패자는 먹여 줄 테니 시키는
대로 말 잘 듣고 하라는 대로 하라며 세상을 제 것으로 여긴다.
이런 패자 근성을 지닌 인간이 한 명만 있어도 주변이 시끄럽고
편하지 않다. 세상에는 오만불손하고 방자하기 짝이 없는 인간
들이 많다. 히틀러 같은 자만 패자인 것은 아니다. 온갖 곳에서
골목대장 노릇하려는 파렴치한 인간들이 모두 패자의 꼴뚜기들
이다.

# 벗[朋友]과 동료

"책선붕우지도야責善朋友之道也이다."
'책선은[責善] 벗[朋友]의[之] 도리[道]이다[也].'라는 말로, 《맹자》의 〈이루장구 하〉편에 나오는 말씀이다.

벗인지 동료인지 알아보는 데 있어 책선責善보다 더 좋은 잣대는 없다. 잘잘못을 따져 잘못을 살펴 잘해 보자고 요구하는 것이 책선責善이다. 잘못을 지적해 주면 서슴없이 잘못을 알아채고 고마움을 표시하면서 잘못을 고치려는 마음가짐이 곧 벗[朋友]의 징표인 것이다. 그러나 동료에게 함부로 잘못을 지적했다가는 낭패를 당하게 마련이다. 우정友情은 이해利害를 떠나 맺어진 운명이지만 동료同僚는 처음부터 이해 관계로 맺어진 까닭이다. 그래서 직장은 동료들이 있는 곳이지 벗이 있는 곳은 아니다. 벗은 동고동락同苦同樂하지만 동료는 그렇지 못한다. 달면 삼키고 쓰면 뱉는 것이 동료이다. 그러니 동료 사이일수록 서로 상대를 존중하고 배려해야지 허물없는 벗으로 여기고 대했다간 실망하는 일이 많을 것이다. 동료를 벗으로 착각하고 함부로 책선하다가는 서로 마음만 상하기 쉽다. 벗 사이가 허물없다는 것은 서로 얼마든지 책선할 수 있는 정情이다.

# 고약한 사람

"어불가이이이자무소불이<sub>於不可已而已者無所不已</sub>이다." '그만둘<sup>已</sup>수 없는<sup>不可</sup>데 서<sup>於</sup>도<sup>而</sup>그만두는<sup>已</sup>사람에게는<sup>者</sup>그만두지 못할<sup>不已</sup>바가<sup>所</sup>없다<sup>無</sup>.'는 말로,《맹자》의〈진심장구상〉편에 나오는 말씀이다.

모든 일을 자기 중심으로 여기고 처리하는 사람과 더불어 무슨 일을 해서는 끝이 좋기가 어렵다. 자신의 이익밖에 모르는 사람은 남의 밥에 있는 콩이 조금이라도 커 보인다 싶으면 어제 한 약속도 헌신짝처럼 버리고 돌아선다. 왜 약속을 저버리느냐고 따진들 소용없다. 그런 사람과 손잡은 것이 잘못임을 재빨리 인정하고 돌아서는 편이 낫다. 불효를 범한 자식에게 아무리 효<sup>孝</sup>를 따져도 소용없는 것과 같은 이치다. 자식이 자식 도리를 하지 않는 자에게 왜 자식 노릇을 하지 않느냐고 따지는 것은 허공에 못질하는 꼴과 같다. 마찬가지로 약속 어기기를 밥먹듯 하는 인간에게 왜 손익<sup>損益</sup>의 잣대를 자기 중심에만 맞추느냐고 따지는 것은 소용없는 일이다. 한번 맺은 약속을 꼭 지키는 사람이 의외로 많지 않다는 사실을 유념하면서 세상 일을 살펴 간다면 고약한 사람 때문에 상처받을 일이 줄어들 것이다.

# 박덕한 사람

"어소후자박무소불박야[於所厚者薄無所不薄也]이다." '도타울[厚] 일[所]에서[於] 야박한[薄] 사람에게는[者] 야박하지 못할[不薄] 바가[所] 없는 것[無]이다[也].' 라는 말로, 《맹자》의 〈진심장구 상〉 편에 나오는 말씀이다.

후박[厚薄]은 후덕[厚德]과 박덕[薄德]을 줄인 말이다. 너그럽고 어질어 늘 마음이 훈훈한 사람을 일러 후덕하다고 한다. 반대로 매정하고 차가워 늘 마음이 옹색한 사람을 일러 박덕[薄德]하다고 한다. 부덕[不德]한 사람은 누구나 박덕하다. 자기만 알고 남을 아끼고 배려할 줄 모르는 사람을 두고 오뉴월 서릿발 같다는 표현을 한다. 이런 사람은 천하에 몹쓸 인간이라서 길 가운 데 박힌 돌부리처럼 해코지꾼일 뿐이다. 세상에는 사촌이 논을 사면 배 아파하는 사람들이 의외로 많다. 북돋워주고 도와주어야 하는 일인데도 모른 척하고 되돌아서는 사람은 자신이 얼마나 못난 냉혈한인지를 모른다. 받아 챙길 줄만 알고 나눌 줄은 모르는 사채꾼 같은 인간들이 세상을 모질게 몰아간다. 이런 야박한 인간들이 거드름을 피우면서 잘난 척한들 더러운 걸레에 지나지 않는다. 그래서 '똥이 무서워 피하느냐. 더러워서 피하지.' 라는 속담이 생긴 것이다.

# 날카로운 사람

"기진예자기퇴속其進銳者其退速하다." '일을[其] 시작할 때[進] 날카로운[銳] 사람은[者] 그 일을[其] 물릴 때도[退] 빠르다[速].' 는 말로,《맹자》의 〈진심장구 상〉편에 나오는 말씀이다.

예리한 칼날일수록 빨리 무뎌진다. 돌개바람은 온종일 불지 못하고, 한나절 넘기는 소나기는 없다. 무슨 일을 성급히 서둘러 대는 사람일수록 밀어붙이다가 그만두는 경우가 허다하다. 하지만 천 리 길도 한 걸음부터인 줄 모르고 성큼성큼 걷다가는 십 리도 못 가서 발병이 난다. 그래서 '좌기예挫其銳'라는 말이 생긴 것이다. 물론 이 말씀은 노자의 것이다. '그[其] 날카로움을[銳] 문질러 버려라[挫].' 성질머리가 날카로운 사람은 무언가를 꼬집어 내는 데는 능하지만 일을 추슬러 마감하는 데는 서툴다. 또 성질이 급한 사람은 본말本末을 그르치고 선후先後를 무시하고 생각 없이 서둘러 대다가 일이 꼬이면 그냥 내동댕이치고 만다. 이처럼 무책임한 사람들 탓에 험한 꼴을 보는 경우가 허다하다. 성질머리가 날카로운 사람일수록 끈질기게 일을 추슬러 나가지 못한다. 그래서 사소한 일이라도 정성을 다하는 사람은 돌다리도 두들겨 보고 건넌다고 하는 것이다.

# 덕이 없음을 두려워하라

"인유불위야이후가이유위人有不爲也而後可以有爲하다." '사람에게[人] 하지 말아야 할 일이[不爲] 있는[有] 뒤에야[而後] 할 일이[爲] 있다[有].' 는 말로, 《맹자》의 〈이루장구 하〉편에 나오는 말씀이다.

어질지 못함을 두려워하고 후덕하지 못함을 두려워하라 함이다. 어질고 후덕해지기 위해서는 먼저 어질지 못하고[不仁] 후덕하지 못함[不德]을 두려워할 줄 알아야 한다. 그래야 불인不仁을 범하지 않고 부덕不德을 범하지 않을 수 있다. 사기詐欺가 악惡인 줄 모르고 사기치는 인간은 없을 것이다. 악惡인 줄 알면서도 남을 등쳐 사기를 치는 것은 속임수[詐欺]를 두려워하지 않기 때문이다. 죄를 무서워하지 않는 인간은 살인도 겁내지 않는다. 그래서 어진 마음은 어질지 못한 마음을 무서워하고, 너그럽고 넉넉한 마음은 모질고 매정한 마음을 두려워한다. 불인不仁을 두려워하는 사람은 세상을 두려워하지 않는다. 그러나 부덕不德을 무서워하는 사람은 세상의 따돌림을 받을 리가 없다. 사람이 마땅히 하지 말아야 할 일을 악惡이라 하고 마땅히 해야 할 일을 선善이라 한다. 먼저 악을 두려워해야 선을 행할 수 있다.

# 남에게 업신여김을 당하거든

"자모연후인모지 自侮然後人侮之 한다." '자신을[自] 업신여긴[侮] 뒤
라야[然後] 남들이[人] 그를[之] 업신여긴다[侮].' 는 말로, 《맹자》
의 〈이루장구 상〉 편에 나오는 말씀이다.

　　나를 귀하게 하는 것도 나에게 달려 있고, 나를 천하게 하는
것도 나에게 달려 있다. 내가 하기에 따라 세상은 나를 저울질한
다. 그러므로 세상 사람들을 향해 왜 나를 업신여기느냐고 삿대
질하는 것보다 못난 짓은 없다. 존경받기를 바라는 인간이 가장
어리석다고 한다. 그러니 어찌하여 나를 대접해 주지 않느냐고
성질내는 사람이야말로 가장 불쌍한 존재이다. 남이 나를 업신
여기면 그 전에 내가 업신여김 당할 짓을 범한 것이다. 그러므로
남이 나를 업신여긴다면 나를 돌이켜 보며 등잔 밑이 어
둡다는 속담을 되새김해 보라. 그리하면 세상이 얼
마나 무서운 선생인지 알아챌 수 있을 것이다. 그
러나 교활한 사람은 세상이 자기를 업신여기면 누
워서 침 뱉는 짓을 마다하지 않는다. 혹 떼려다 혹
붙이는 일이 왜 생기는지 여기서 알 수 있다. 세상
은 공평하다. 그래서 철든 사람은 세상을 무서워하
고 손바닥으로 하늘 가리는 짓을 범하지 않는다.

# 사애(食愛)와 사육(飼育)

"사이불애시교지야食而不愛豕交之也이다." '먹여 주고[食]서[而] 사랑하지 않으면[不] 돼지로[豕] 대함[交之]이다[也].'라는 말로, 《맹자》의 〈진심 장구 상〉편에 나오는 말씀이다.

어머니 품을 가리켜 사애食愛라고 한다. 가슴에 안고 젖을 먹이는 어머니는 어린것을 먹여 주기만 하는 것이 아니다. 어머니의 젖물림은 곧 한없는 사랑이다. 그래서 먹여 줄 사食와 사랑할 애愛를 하나로 보고 젖물림을 '사애食愛'라고 하는 것이다. 그러나 양돈養豚하는 사람이 새끼 돼지에게 젖병을 물린다고 해서 사애食愛라고 하지는 않는다. 먹여 키우되 사랑하지 않음을 사육飼育이라 한다. 사육은 몸만 잘 키우기를 바라는 것이다.

그런데 지금은 자식을 품에 안고 젖을 먹이는 어머니들이 많지 않다. 이것은 결국 아이의 몸만 키울 뿐 마음은 키워 주는 것은 아니다. 물론 아이를 애지중지한다고 말할 것이다. 그러나 아이를 품에 안고 젖을 물린 어머니는 아이 눈을 들여다보며 아이가 옹알이를 하면 받아서 응해 준다. 우유를 담은 젖병을 입에 물려 주고 내 새끼라 한들 서로 살을 붙이고 나누는 사랑에는 미치지 못한다.

# 애경(愛敬)이란

"애이불경수축지야愛而不敬獸畜之也이다." '사랑하면[愛] 서[而] 존경하지 않으면[不敬] 짐승처럼[獸] 기르는 것[畜之]이다[也].' 라는 말로, 《맹자》의 〈진심장구 상〉 편에 나오는 말씀이다.

애완견愛玩犬을 생각해 보자. 요즘에는 자식을 애완견처럼 키우려는 부모들이 참으로 많다. 사람이 다른 동물과 다른 것은 서로 존경할 줄 안다는 데 있다. 부모는 자식을 사랑하고 자식 역시 부모를 사랑한다. 나아가 부모도 자식을 존경하고 자식도 부모를 존경해야 자효慈孝가 제대로 피어난다. 세상에서 가장 어리석은 부모는 자식을 소유물로 생각하는 부모다. 자식이 가고 싶어 하는 길을 찾아 그 길로 바르게 가도록 보살펴 주는 부모야말로 자식을 사랑하고 존경하는 것이다. 그러나 자식의 뜻을 무시하고 막무가내로 시키는 대로 하라고 윽박지르는 부모는 자식을 소중하게 대할 줄 모르는 것이다. 부모의 자식 사랑도 넘치면 탈이 나고 만다. 사랑도 알맞아야 한다. 알맞은 자식 사랑은 자식을 존경하는 마음이 밑받침되어야 피어난다. 어른만 존경받는다고 생각하기 쉽다. 그러나 존경은 목숨을 소중히 받들라는 천명天命이므로 노소老少가 따로 없는 예의禮義이다.

# 검소한 사람

"수약이시박자선도야守約而施博者善道也이다." '검소함을[約] 지키
면[守] 서[而] 베풂이[施] 넉넉해지는[博] 것이[者] 좋은[善] 방도[道]
이다[也].' 라는 말로, 《맹자》의 〈진심장구 하〉 편에 나오는 말씀
이다.

낭비하는 사람이 오히려 인색하고 검소한 사람이 넉넉한 경
우가 많다. 자신을 위해서는 아낄 줄 모르는 사람일수록 남에게
베푸는 데는 인색하다. 인색한 사람은 되로 주고 말로 받기를 원
한다. 그러나 수약守約하는 사람은 자신에게는 인색해도 남에게
는 넉넉하다. 검소함을 지키는 사람은 참으로 아낄 줄 아는 사람
이다. 아쉽고 필요할 때 요긴하게 쓰기 위해서 함부로 사용하지
않는 사람은 수약의 삶이 왜 소중한지를 한다. 검소하게 사는 사
람이어야 베풀 줄 안다. 시박施博이란 널리 베푸는 삶을 말한다.
물질만 나눈다고 해서 베풂이 아니다. 나눌 수 있는 넉넉한 마음
이 준비되어야 물질을 나눌 수 있다. 검소한 사람은 물질의 노예
가 아니다. 남에게 인색한 사람이 오히려 물질의 종살이를 하는
것이다. 검소한 사람이라야 수약의 덕德을 알고, 그 덕으로 인해
널리 베풀 수 있어서 잘사는 방법[善道]을 안다.

# 양심(養心)하려면

"양심막선어과욕養心莫善於寡欲하다." '마음을[心] 다스리는 데[養] 욕심을[欲] 줄이는 것[寡]보다 더[於] 좋은 것은[善] 없다[莫].' 는 말로, 《맹자》의 〈진심장구 하〉 편에 나오는 말씀이다.

양심養心이나 치심治心은 모두 같은 말이다. 마음을 다스리는 일은 남이 해 줄 수 없다. 수기修己하라는 말도 양심養心하라 함이고, 수기守己하라는 말도 양심養心하라 함이며, 망기忘己하라는 말역시 양심養心하라 함이다. 내 뜻대로 될 수 없는 것이 세상 일[世上事]이다. 그런데 세상사世上事가 내 뜻대로 되어야 한다고 고집하는 심술이 곧 욕欲이라는 속마음이다. 욕심을 줄이면 그것이 곧 마음의 다스림[養心]이고, 욕심을 늘리면 그것이 곧 마음의 아픔[傷心]이다. 양심養心이 내가 내 마음을 다스리는 것이라면 상심傷心은 내가 내 마음을 아프게 하는 것이다. 그러니 남들이 내 마음을 아프게 한다고 원망할 것 없다. 조용히 생각해 보면 남보다 내가 더 욕심을 부린 까닭에 내가 내 마음을 아프게 하면서 괴로워하고 있는 것이니 말이다. 마음을 편안히 하려면 마음을 다스릴 수밖에 없다. 그렇게 하기 위해서는 가장 먼저 욕심을 줄여야 한다.

# 시인(矢人)과 함인(函人)

"시인유공불상인矢人唯恐不傷人하고 함인유공상인函人唯恐傷人한다." '화살을 만드는[矢] 사람은[人] 오로지[唯] 사람을[人] 상하게 하지 못할까 봐[不傷] 두려워하지만[恐] 갑옷을 만드는[函] 사람은[人] 오로지[唯] 사람을[人] 상하게 할까 봐[傷] 두려워한다[恐].' 는 말로, 《맹자》의 〈공손추장구 상〉 편에 나오는 말씀이다.

화살을 만드는 것보다 갑옷을 만드는 것이 낫다고 하는 까닭을 알 수 있다. 본바탕이 선할지라도 하는 일 탓에 탈이 생기는 경우가 빈번하다. 사람을 보호하는 일을 하면 마음이 편하고, 사람을 해치는 일을 하면 마음이 편하지 않다. 마음 편히 도둑질하는 자는 세상에 없다. 그래서 도둑은 제 발소리에 제가 질린다.

세상을 싸움터로 여기는 사람도 있고 투전판처럼 여기는 사람도 있다. 그런가 하면 씨름판처럼 여기는 사람도 있다. 이런 부류들은 마음속에 화살을 간직하고 사는 것이나 다름없다. 세상에는 언제든지 상대를 향해 발사할 준비가 되어 있는 무리들이 있다. 하지만 그 숫자가 얼마 되지 않아 천만 다행이다. 그래도 세상에는 갑옷 노릇하려는 사람들이 절대 다수라서 다행스럽고, 그래서 살 만하다.

# 남을 좇는다는 것

"사기종인舍己從人한다." '나를〔己〕 버리고〔舍〕 남을〔人〕 좇는다〔從〕.' 는 말로,《맹자》의〈공손추장구 상〉편에 나오는 말씀이다.

내 뜻을 버리고 남의 뜻을 따르기란 참으로 어려운 일이다. 다들 자기 주장을 굽히지 않으려 하기 때문에 세상은 늘 충돌을 빚는다. 하지만 내 뜻은 앞세우고 남의 의견은 무시하면 될 일도 안 된다. 그래서 싸움을 말리고 흥정을 붙이려면 서로 양보할 수밖에 없다. 서로 한 발짝씩만 자기 뜻을 물리고 상대의 의견을 받아들이기 위해서는 사기종인舍己從人의 슬기로움이 앞서야 한다. 그러나 소인은 사기舍己를 패배로 알고 '나를〔己〕 버리기〔舍〕'를 매우 싫어한다. 또한 종인從人을 굴복이라고 생각해 끔찍하게 여긴다. 그래서 왜 내가 '남을〔人〕 따르기〔從〕'를 해야 하냐며 콧대를 세우려고 한다. 겸손이 결코 굴종이 아니라는 사실을 모르는 것이다. 내 뜻은 하나지만 여러 사람의 뜻을 살펴 들으면 여러 뜻이 모여 우리 뜻이 된다. 그러나 소인은 이러한 진실을 한사코 종인從人하기 거부한다. 그러나 여러 일을 제대로 하는 사람은 여러 사람의 의견을 좇아 자신의 뜻을 접을 줄 알기 때문에 하는 일을 성공시킬 수 있다.

# 청렴을 해치지 말라

"가이취[可以取]하고 가이무취[可以無取]한데 취[取]한다면 상렴[傷廉]한다." '취해도[取] 좋고[可以] 취하지[取] 않아도[無] 좋은데[可以] 취한다면[取] 청렴을[廉] 해친다[傷].' 는 말로, 《맹자》의 〈이루장구 하〉편에 나오는 말씀이다.

무엇이든 주는 것이 아니라 받는 경우라면 마땅한지 헤아려 살펴보아야 한다. 아무런 속셈 없이 주고 싶어 주는 선물이라면 받아야 당연하다. 하지만 아무리 사소해도 속셈이 있는 선물이라면 이미 선물이 아니니 받지 않는 것이 마땅하다. 그래서 주고받는 경우에는 반드시 의[義]를 생각해 보라는 것이다. 주고받음이 마땅하다[義]면 마땅히 받아야 예[禮]에 어긋남이 없을 것이다. 청렴[淸廉]이란 무엇을 주고받음이 의[義]와 예[禮]에 어긋남이 없음을 말한다. 진정 청렴한 사람은 매정해 얼음장 같지 않다. 얼음 속에서는 물고기도 살지 못한다. 청렴이란 물고기가 잘살 수 있는 맑은 물과 같다. 청렴한 사람은 받아도 되고 받지 않아도 되는 경우라면 받지 않는다. 그러나 당연히 받아야 하는 경우라면 흔쾌히 받는다. 진실로 청렴한 사람은 무엇이 선물이고 무엇이 뇌물인지를 분명하고 깔끔하게 알기 때문이다.

# 은혜를 해치지 말라

"가이여可以與하고 가이무여可以無與한데 여與한다면 상혜傷惠한다." '주어도[與] 좋고[可以] 주지[與] 않아도[無] 좋은데[可以] 준다면[與] 은혜를[惠] 해친다[傷].'는 말로,《맹자》의 〈이루장구 하〉편에 나오는 말씀이다.

주고 나서 감사의 말을 듣는 경우도 있지만 주고도 욕먹는 경우가 있다. 사람에게 무엇을 주는 일일수록 거칠어서는 안 된다. 받는 사람의 마음을 편안하게 해 주어야 주는 일이 훈훈한 베풂이 된다. 그래서 왼손이 하는 일을 오른손이 모르게 하라는 것이다. 헐벗고 굶주린 사람에게는 밥을 먼저 주어야지 옷가지를 주는 것은 올바른 베풂이 아니다. 헐벗고 있으니 좋은 옷부터 준들 식은 밥 한 덩이만 못한 것이다. 밥을 먼저 주면 베풂의 은혜가 상처 입을 리 없다. 그러나 옷을 먼저 주면 주고도 욕을 먹을 것이니 베풂의 은혜가 상처 입게 마련이다. 그래서 함부로 선심善心 쓰지 말라는 것이다. 목마른 사람에게는 물 한 모금이 급하다는 것을 안다면 무작정 베푸는 것이 은혜가 아님을 깨달을 수 있을 것이다. 은혜란 가뭄에 단비 같은 것이어야지 폭우 같아서도 안 되고 산들바람 같아서도 안 된다. 절실하게 바라는 것이 무엇인지 헤아려서 베풀어야 은혜롭다.

# 갓난아이의 마음처럼 살라

"대인자부실기적자지심야大人者不失其赤子之心也이다." '큰[大] 사람[人]이라면[者] 그[其] 갓난아이[赤子]의[之] 마음을[心] 잃지 않는 것[不失]이다[也].' 라는 말로, 《맹자》의 〈이루장구 하〉편에 나오는 말씀이다.

가장 선량한 사람은 늘 갓난아이의 마음을 간직한다. 갓난아이의 마음은 아무런 욕심이나 속셈 없이 맑고 깨끗하다. 갓난아이는 젖을 먹어도 먹을 만큼만 먹을 뿐 결코 넘치거나 모자라게 먹지 않는다. 또 갓난아이는 결코 젖을 탐하지 않는다. 그러므로 갓난아이에게 젖탐이 있다고 해서는 안 된다. 대인이란 욕심이 없는 사람이다. 욕심이란 좋은 것이면 내 몫이 남보다 많고 커야 하고, 나쁜 것이면 나에게 없어야 한다는 속셈이다. 몫을 공평하게 나누려는 마음은 욕심이 아니다. 그렇다고 해서 대인이 남에게 다 주고 자신은 갖지 않는다는 것은 아니다. 공평해 무사하고, 행복하면 함께 행복하고, 불행하면 함께 불행하기를 마다하지 않는 사람을 두고 대인이라 하는 것이다. 이런 대인의 마음가짐은 더없이 선량하므로 갓난아이의 마음을 잃지 않는다고 칭송받는다. 이런 대인을 흉보면서 등쳐 먹는 놈을 두고 천하에 몹쓸 소인배라고 한다.

# 왕(王)이 되려면

"행인정이왕行仁政而王한다." '어진[仁] 다스림을[政] 베푼다[行]면[而] 왕 노릇한다[王].' 는 말로, 《맹자》의 〈공손추장구 상〉 편에 나오는 말씀이다.

군왕이라고 해서 다 왕 노릇하는[王] 임금은 아니다. 오히려 군왕 가운데 왕자王者는 참으로 귀하다. 대부분이 패자覇者이고, 또 심심찮게 폭군이 나와 백성을 할퀸 역사가 많기 때문이다. 나무꾼이라도 참으로 어질게 산다면 그가 바로 왕자王者이다. 권력을 휘두르면서 권세를 부리는 임금[覇者]은 결코 왕자王者가 아니다. 왕자王者의 조건은 반드시 '행인정仁政'을 전제로 한다. 어진[仁] 정사政事를[政] 베푼다[行] 함은 법法으로 이루어지지 않는다. 인정仁政은 법法과 아무런 관계가 없다. 법法이란 본래 힘[力]이다. 법은 늘 하라, 하지 말라를 엄하게 요구한다. 그리하여 시키는 대로 하면 허락하고 거역하면 벌을 준다. 그러나 어진 마음은 자신이 하기 싫은 일이면 남도 하기 싫어함을 알고, 자신이 바라는 것이면 남들도 바란다는 것을 안다. 그래서 어진 마음은 용서하고 이해하면서 사랑하기를 마다하지 않는다. 이처럼 늘 어진 마음으로 살아가는 사람을 왕王이라고 한다.

# 6. 망기(忘己)의 길잡이

비싼 옷을 차려입고 몸에 명품을 걸친다고 해서 마음까지 명품이 되는 것은 아니다. 이 사실을 알면서도 우리는 욕심을 내려놓지 못해 아등바등하며 산다. 이처럼 마음이 문명의 종從이 되면 사는 일이 괴롭다. 명상은 이러한 집착에서 벗어나게 한다. 명상은 무無를 누리는 가장 즐거운 길이다. 무를 누리다 보면 자연스럽게 자연自然과 벗할 수 있다. 욕심도 없고, 집착도 없는 자연 그대로의 모습이 곧 명상이요 자유이다. 바람이 불면 흔들리고 바람이 잔잔해지면 가만히 서 있는 나무처럼 자연에 마음을 안기고 편안히 쉬고 싶을 때는 명상하라. 명상이 생활이 되면 나를 어지럽히는 모든 것에서 벗어나 자유로울 수 있다.

# 명상(冥想) 그리고 무(無)

명상(冥想)은 무(無)를 누리는 즐거움이라고 여기면 된다. 무(無)를 멀리하면 할수록 명상의 즐거움은 그만큼 멀어진다. 무(無)를 멀리함을 일러 유(有)라 한다. 무(無)를 친구 삼을 줄 알면 자연스럽게 명상을 친구로 삼아 즐거운 삶을 누릴 수 있다. 무(無)는 없는 것이고 유(有)는 있는 것이라고 새기고, 없는 것보다 있는 것이 낫다고 여긴다면 명상과 친구하기 어렵다. 명상은 욕(欲)을 멀리하는 까닭이다. 없는 것보다 있는 것이 낫다고 우기려는 시샘이 곧 욕(欲)이라는 바람(望)이다. 이 바람(望)이 불면 마음은 곧 욕(欲)으로 돌변해 세찬 바람(風)을 맞아 출렁이는 바다가 되고 만다. 그렇게 되면 명상은 꿈도 꿀 수 없다. 마음살이를 욕심으로 채워 밤잠을 설치는 사람의 눈에는 삶이 늘 출렁이는 바다와 같다. 그러나 마음살이를 편안히 하여 단잠을 자는 사람의 삶은 늘 잔잔한 호수와 같다. 출렁이는 바다에서 뱃멀미하듯 살겠다면 명상할 것 없다. 하지만 잔잔한 호숫가에서 편안히 살고 싶다면 명상이 제일이다. 명상은 늘 마음이 무(無)를 벗하게 해 주기 때문이다.

# 쉬운 무(無)

명상冥想이 벗으로 삼는 무無는 어려운 것이 아니다. 명상은 철학이 내거는 어려운 말들을 멀리하고 오히려 매우 쉬운 것들을 이웃 삼아 길을 나선다. 그러므로 '무無란 무엇인가?' 라고 질문하면 명상은 아지랑이처럼 멀어져 메아리조차 울리지 않는다.

머리가 편하면 머리는 없다. 그러나 머리가 아프면 그제야 머리가 있는 것을 깨닫게 된다. 이처럼 있는데 없는 편안한 머리 같은 것이 곧 명상이 누리는 무無이다. 그래서 명상의 무無는 아주 쉬운 무無이다.

있는데 없는 것을 두고 우리는 자연自然이라 한다. 즉 명상은 자연自然으로 돌아감을 말한다. 반대로 몸에 걸친 옷가지를 우리는 문명文明이라 한다. 홀랑 벗어 버린 심신心身이 본래 자연自然이다. 이를 일러 무심無心이라 한다. 무심無心의 무無가 곧 명상의 벗이다. 있는데 없는 마음이 곧 명상의 본대라는 것이다. 마음이 걸친 이런저런 생각들을 다 벗어 버리면 마음이 자연으로 돌아가 있어도 없어진다. 마음에 걸쳐진 것들을 벗어 젖히는 것이 곧 명상의 쉬운 무無이다.

# 자연(自然)

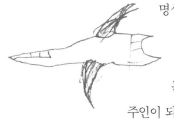

명상은, 삶이 고달픈 것은 마음이 문명의 종從이 되었기 때문임을 가르쳐 준다. 그래서 날마다 단 5분만이라도 문명의 종살이를 벗어 버리고 자연의 주인이 되어 보라고 타일러 준다.

명상을 하면 누구나 쉽게 자연으로 돌아가 마음이 주인이 된다. 물론 자연自然이란 아주 쉬운 무無를 말한다. 자연이란 무엇인가? 내 알몸이 바로 자연이다. 그렇다면 문명이란 무엇인가? 내가 차려 입는 명품名品들이 바로 문명이다. 비싼 명품을 사 입느라 매우 힘들었을 것이다. 무엇이든 갖기로 작정하면 힘들지 않은 것이 없다. 그래서 벼랑끝에 매달려 아등바등하지 말고 붙잡은 밧줄을 놓아 버리라는 것이다. 우리는 떨어지면 죽는 줄 안다. 하지만 그것이 오히려 편안히 사는 길이다. 명상은 매달린 밧줄을 서슴없이 잘라 버릴 수 있는 칼날이 되어 준다. 그 칼맛을 보면 치렁치렁 걸친 온갖 명품들이 겉치레 잡동사니에 불과하다는 것을 깨달을 수 있다. 착각의 밧줄을 싹둑 잘라 홀랑 벗겨 버리기 때문이다. 뚝 떨어지고 나면 마음이 죽기는커녕 되살아나 가뿐해진다. 이는 마음이 명상을 한 덕분이다.

# 명상한다

얼굴에는 내가 나를 들여다볼 수 있는 눈이 없다. 그 눈이 어디 붙어 있는지 꼭 알아내야 하는 것은 아니다. 그러나 오직 나만 들어가 내가 나를 들여다볼 수 있는 것만은 엄연한 사실이다. 그러므로 내가 나를 들여다볼 수 있는 눈이 있음이 분명하다. 물론 남에게 그 증거를 댈 필요는 없다. 오직 나만 그 사실을 알면 되는 것이다.

내가 나를 들여다보는 순간에는 무엇 하나 감추거나 숨길 것이 없다. 그래서 나는 나에게 거짓말을 하지 못한다. 그 순간만은 그냥 그대로 내가 내 앞에 서서 자유로운 것이다. 이 얼마나 분명한 자연인가. 나를 들여다보는 내 눈이 나를 곧장 바라보니 투명하다. 드디어 내가 내 마음을 꿰뚫는 것이다. 그리고 내가 돌아다녔던 문명의 골목을 다시 차분히 밟으며 거슬림 없이 나서면 명상할 수 있는 빈자리가 터를 잡는다. 그렇게 하면 나를 들여다보던 눈은 감기고, 내 마음은 접히고, 내 숨결은 편안해진다. 그 편안함을 누리면 곧 명상하는 것이다. 내가 나를 사랑하면서 마음은 명품(名品)들을 비워 낸다. 이렇게 한 5분 침묵하면 절로 명상하게 된다.

# 명상하지 못한다

얼굴에는 명품을 내다보는 눈이 없다. 그 눈이 어디 붙어 있는지 꼭 알아내야 하는 것은 아니다. 그러나 나만 아는 눈길로 명품을 내다볼 수 있는 것만은 엄연한 사실이다. 그러니 명품을 내다보는 눈은 분명 있다. 물론 우리는 그 사실은 세상이 알세라 비밀로 감추고 숨긴다. 나만 그 사실을 알면 그뿐이다. 내가 명품을 내다보는 순간만은 명품을 있는 그대로 그냥 바라볼 수 없어 괴롭다. 그런데 그것을 감추거나 숨기지 않고, 명품을 탐하다가 시치미 떼는 짓을 자주 범한다. 그냥 그대로 명품을 훔쳐 챙기느라 침을 흘린다. 이 얼마나 오마조마한 탐욕貪欲인가.

지금 우리는 명품을 내다보느라 눈이 시뻘겋다. 그렇게 내다보는 눈을 들킬세라 감아 버리기도 한다. 그러면서도 여전히 명품에 매달려 대롱거린다. 한사코 버리지 못하고 내다보는 눈 탓에 우리는 늘 비굴해져 당당하기 어렵다. 날마다 명품을 걸쳐 보려고 게걸스럽게 정신 없이 산다고 뻐기기도 한다. 그러나 정신 없다는 말은 새빨간 거짓말이고, 온갖 꼼수로 삶을 설치니 명상은 아예 하지도 못한다.

# 명상해야 한다

일상日常의 명상은 산사山寺의 명상을 본뜨지 않아도 된다. 자리를 잡고 눈을 지그시 감고 가부좌를 튼 채 명상하지 않아도 된다는 것이다. 온몸을 있는 대로 풀어 놓고 앉든 눕든 서든 그저 마음 편하게만 하면 그만이다. 그러니 언제 어디서든 명상하려고 하면 명상할 수 있다. 주변이 시끄러워 명상하기가 힘들 때는 조용해지기를 기다렸다 하면 되고. 마음속이 어수선해 명상이 힘들 때는 내다보는 눈을 감고 명품 사냥을 그만두면 마음이 절로 잠잠해져 명상이 될 것이다. 다만 명상할 때는 버릇이 중요하다. 남들이 보면 우두커니 멍하게 앉아 바보처럼 보이기도 할 것이다. 하지만 남들이 뭐라 하든 상관없다. 그저 길가에 서 있는 나무처럼 심신心身이 자연이 되어 버리면 그만이다. 그러니 아무데서나 마음이 편안하다면 그 자리가 곧 명상의 주소가 된다. 명상을 벗하면 언제 어디서든 흔들리지 않게 된다. 바람이 불면 흔들리고, 바람이 잠잠해지면 가만히 서 있는 나무처럼 마음을 자연에 안기고, 편안히 쉬고 싶다면 자주 명상冥想해야 한다.

# 침묵해야 한다

나를 둘로 나눌 수 있다면 혼자라도 심심하지 않을 것이다. 그래서 침묵할 줄 아는 사람은 심심하다는 말을 모른다. 침묵이란 내가 나와 이야기를 나누는 순간을 말한다. 그러나 침묵한다고 해서 말문을 닫았다고 여기면 오산이다. 침묵할수록 더 많은 말이 내 안에서 오고가기 때문이다.

명상은 본래 침묵에서 시작한다. 당장 조급한 명상이란 없다. 침묵은 길수록 좋다. 내가 둘이 되어 소리 없이 말을 주고받으면 나 스스로 줄탁동시啐啄同時를 만날 수 있다. 내가 나를 톡톡 두드리면 다시 내가 나를 탁탁 두드려 준다. 이처럼 침묵은 명상을 시작하기 위한 맞장구로 여기면 된다. 명상은 알을 깨고 나와야 하는 새끼 새와 같다고 비유할 수 있다. 나는 알을 품은 어미 새인 동시에 알속에 든 새끼 새다. 그래서 어미가 밖에서 톡톡〔啐啐〕알을 쪼아 주면 새끼는 안에서 탁탁〔啄〕알을 쪼아 뚫고 나올 명상의 구멍을 내기까지 침묵해야 한다. 그래서 명상하기 위해서는 조용히 눈을 감고 앉아야지 곧장 명상할 수는 없다. 명상하려면 침묵해야 한다.

# 휴식해야 한다

몸이 피곤하면 쉴 줄 알아도 마음이 피곤하면 쉴 줄 모른다면 탈나기 쉽다. 마음이 쉬어야 몸도 따라 쉬는 법이다. 쉬려면 쉴 데를 찾아야 한다.

가장 쉬기 좋은 보금자리를 일러 예부터 호령산壺領山 밑이라 했다. 호령산 산정에 있는 자혈滋穴이라는 샘구멍에서는 신분神糞이라는 단물이 사방으로 흘러나와 산자락 밑을 뺑 돌아 강물을 이룬다. 그 강가에 앉아 신분을 마시기만 하면 배가 부르고, 조금 더 마시면 취하고 얼큰해져 절로 노랫가락이 나오고, 그러면 기분이 좋아져 춤을 덩실덩실 추면서 노닐게 된다고 한다. 덥지도 춥지도 않고, 모기나 파리 따위의 벌레도 없으며, 사나운 짐승이나 독사 같은 뱀도 없어 아무데나 앉고 누워도 되므로 호령산 밑에서는 다 벗고 쉰다. 쉬다가 배가 고프면 다시 신분을 마시면 되고, 더 마시면 취하니 걱정거리라곤 생길 리가 없다. 그래서 휴식을 취하려면 호령산 밑으로 가라는 것이다.

열자列子는 호령산이 북쪽 먼 바다 가운데 있다고 했다. 하지만 호령산은 저마다의 마음속에 있다. 명상한다는 것은 곧 마음속 호령산 밑에서 신분神糞을 마시는 것이다.

# 상상해야 한다

날마다 살림살이를 짊어져야 하는데 어찌 이런 저런 생각들을 모조리 쓰레받기에 담아 버릴 수 있겠는가. 사는 일이 바라는 대로 술술 풀려 준다면 애달아 마음 졸일 일이 없을 것이다. 그러나 뜻대로 되는 삶은 없다. 세상이 내 것이 아닌데도 내 것인 양 발버둥치다 불나방 꼴이 되기 쉬운 것이 삶이다. 그런 삶에 늘 홀리면서 아슬아슬 하루하루 살얼음 밟듯 살아가는 인생을 두고 내동댕이치라고 함부로 말할 수는 없다.

삶보다 더 소중한 것은 없다. 소중하기에 나름대로 다듬어 옹골지게 하려다 상처를 입는 경우가 많아 더욱 애처롭다. 살면서 입게 마련인 상처를 낳게 하는 데는 호령산 밑에서 휴식을 취하면서 상상하는 놀이를 하는 것이 제일 가는 명약(名藥)이다. 그런 명약을 비싸게 살 필요는 없다. 열자의 입담을 공으로 얻어 들어도 상상의 놀이패는 충분하다. 열자의 입담은 현재의 과학으로 들으면 황당한 거짓말에 불과하다. 그러나 날마다 사는 일에 지친 마음을 달래는 데 있어 그보다 더 구성진 타령은 없을 것이니 명상에 앞서 중얼거리면 좋겠다.

# 흥얼거린다

침묵하다 보면 나도 모르게 중얼거리게 된다. 홀가분해진 마음이 흥이 난 것이다. 그러면 나도 몰래 손가락을 꼼지락거리면서 장단을 치게 된다. 그러면 몸도 덩달아 흥을 탄다. 열자의 입담을 흉내내 보면 홀로 흥겨운 놀이를 만끽할 수 있다. 열자의 입담을 하나 소개한다.

　"물이 있으면 물때가 생기고, 물때가 땅을 만나면 갈파래가 생기고, 갈파래가 언덕을 만나면 질경이가 생기고, 질경이가 거름더미를 만나면 부자附子가 되고, 부자의 뿌리는 굼벵이가 되고, 그 잎은 나비가 되고, 나비는 귀뚜라미가 되어 천 일이 지나면 비둘기가 되고, 비둘기의 침은 쌀벌레가 되고, 쌀벌레는 눈엣놀이가 된다네. 눈엣놀이에서 이로라는 벌레가 생기고, 황항이라는 벌레는 구유에서 생기고, 무예라는 벌레는 부관에서 생기지. 양해가 변해서 죽순이 되고, 죽순이 늙은 대가 되고, 늙은 대가 청녕을 낳고, 청녕이 정程을 낳고, 정은 원숭이를 낳고, 원숭이는 사람을 낳고, 사람은 다시 조화造化로 끝난다네." 이렇게 입담을 중얼거리면 그 많던 걱정거리는 어느새 사라지고 만다. 그리고 긴 숨을 쉬면 명상은 절로 따라온다.

# 투전꾼은 아니다

사람의 것을 훔치면 도둑놈이 되고, 자연의 것을 훔치면 농부農
夫가 된다는 말이 있다. 밭에서 곡식을 훔치고, 산에서 땔나무를
훔치고, 짐승을 훔쳐다 가축도 치고 닭 오리도 기르고, 물에서는
온갖 고기를 훔쳐다 먹어도 누구 하나 그를 두고 도둑놈이라 욕
하지 않는다. 그러나 남의 집 담을 뚫고 몰래 들어가 금이나 옥,
재물을 싸 가지고 나오면 도둑놈이 되어 수갑을 차야 한다. 사람
의 것을 훔쳤기 때문이다.

돈을 많이 벌고 싶다면 남의 호주머니를 노려서는 안 된다.
그러나 많은 사람들이 남의 돈을 빼앗아야 돈벌이가 된다고 여
기는 통에 밤잠을 설치고 열을 올리면서 끙끙거린다. 그런 사람
은 남의 인생을 훔치려고 스스로 투전꾼이 되기를 바라는 것과
다를 바가 없다. 세상은 노름판이 아니다. 세상은 정성을 다해
땀 흘리는 농부 같은 사람은 안아 줘도 남의 것을 탐내는 사람은
안아 주지 않는다. 살아가면서 날마다 한 짬만이라도 홍얼거리
다 명상하는 까닭은 날마다 남의 것을 시샘해 내 삶을 도둑질하
기 싫어서라는 것을 유념해야 한다.

# 일기장은 없다

하루 일을 일기장에 기록해 두고 삶을 정리했다고
생각하는 사람들이 많다. 하루를 어떻게 살았는지
기록해 둔다 해서 사는 일이 정리되는 것은 조금
도 없다. 차라리 하루 일을 영화관에서 영화를 보듯
제 마음의 스크린에 비추면서 잘했으면 미소를 짓고, 잘못했으
면 부끄러워하면서 혼자서 가만히 노닥거리는 것이 일기장에 기
록해 두는 일보다 더 옹골차다 할 수 있다.

밤은 보내 버린 하루다. 보내 버린 하루를 일기장에 담아두기
만 해서는 내일로 이어지는 효력이 크지 않다. 내일을 오늘처럼
보낼 것이 아니라 오늘보다 더 낫게 보내려는 마음이 있는가?
그렇다면 마음을 터진 그물코를 깁는 어부처럼 다독여 두는 것
이 좋다. 잘못한 일이 있다면 다시는 그러지 말아야지 하는 마음
으로 나를 다독거리면 되고, 잘한 일이 있으면 내일도 모레도 그
랬으면 좋겠다고 다짐하면서 나를 타이르면 된다. 그렇게 하다
보면 나도 모르게 나 자신이 예뻐지는 경우가 생긴다. 그러면 그
순간 기분이 홀가분해져 마치 은은한 향이 나는 녹차 한 잔을 마
시는 기분이 된다. 그러면 마음은 곧 가르마를 타듯 편안해져 명
상한 셈이 된다.

# 화서씨(華胥氏) 나라로 갈까나

화서씨가 있는 곳은 자동차를 타도 가지 못하고 비행기를 타도 가지 못하며 연락선을 타도 가지 못한다. 두 발로 걸어서는 당연히 가지 못한다. 멀어서 그런 것이 아니라 너무 가까워서 그렇다. 하지만 갈 줄 아는 사람은 무시로 드나들 수 있으니, 알고 보면 몰라서 못 가는 셈이다. 마음결은 바람결 같다는 말이 있다. 그 바람결을 탈 줄 알아야 화서씨의 나라로 갈 수 있다. 거기에는 다스리는 사람도 없고, 증권이나 은행 통장 같은 것도 없다. 자연스럽게 드러나 자연스럽게 있다가 자연스럽게 사라진다. 그래서 거기에 가면 산다는 일을 좋아할 줄도 모르고, 죽는다는 것을 싫어할 줄도 모르며, 사랑할 줄도 모르고 미워할 줄도 모르고, 도울 줄도 모르고 해칠 줄도 모르게 된다. 마치 땅 위를 걷듯 하늘을 걸어다니고, 침대에 눕듯 허공에 떠서 잠을 자다 깨어나면 그만이다. 물론 그곳에도 구름이 흐르고 햇빛이 찬란하며 별빛이 총총해 밤낮이 오고간다.

　누구나 명상을 누리고 즐기기 위해서는 화서씨의 나라를 들르는 것이 좋다. 환상할 줄 아는가? 그렇다면 화서씨의 나라에 들를 수 있을 것이다.

# 열고야 산으로 갈까나

 열자가 알려준 열고야 산은 누구든 환상만 하면 갈 수 있는 곳이다. 명상하려면 인도의 고행자들을 따라하는 것보다 열자를 환상의 열차로 삼아 편승하는 것이 오히려 낫다. 열고야 산의 사람들은 바람과 이슬만 먹을 뿐 오곡五穀은 먹지 않으며, 마음씨는 깊은 샘물 같아 메마르지 않고, 살갗은 처녀 같아 부드럽다고 한다. 그러니 어찌 심성이 거칠겠는가. 그저 상냥할 뿐 사랑할 줄도 모르고 미워할 줄도 몰라 서로 어울려 스스럼없이 삶을 누리는 곳이 바로 열고야 산이다. 그러니 얼마나 편안하겠는가.

하루 살기도 부치는데 언제 시간을 내어 환상幻想을 하느냐고 비웃지 말라. 아등바등 발버둥친들 뜻대로 되지 않는 것이 세상이다. 바위인 줄 안다면 누가 주먹으로 바위를 치겠는가. 한 발 뒤로 물러나 하염없이 남산을 바라보라 하는 까닭을 곰곰이 생각해 볼 일이다. 차라리 남산을 열고야 산으로 여기고 내 마음 달래 줄 마음결로 생각하며 환상 나들이를 즐겨 보라. 그리고 나를 달래 보라. 나를 달랜다는 말을 알면 명상할 수 있다.

# 양앙(梁鴦)을 닮아야 한다

양앙(梁鴦)만큼 범을 잘 다룰 줄 아는 조련사는 없을 것이다. 양앙에게 유별난 기술이 있어서 범을 잘 다루는 것은 아니다. 그의 말을 들어 보면 매우 간명하다.

"범에게 순종하면 범이 기뻐하고, 범을 거슬리면 범이 성을 내지요. 혈기(血氣) 있는 짐승은 모두 그러니 범이 유별나서 그러는 것은 아닙니다. 대개 범을 다루는 사람은 범에게 산 물건을 주지 않지요. 그러면 범의 살기(殺氣)를 돋울 뿐입니다. 다만 범이 배가 고픈지 부른지를 알아차려 범이 배가 고프면 밥을 주는 것입니다. 그렇게 하면 범도 밥 주는 사람에게 아양을 떨지요. 제 마음을 알아주어 고맙다는 뜻입니다. 범이 사람을 해치는 것은 제 뜻을 거스르기 때문입니다. 그렇다고 마냥 범을 기쁘게만 해서는 안 됩니다. 범의 뜻을 잘 헤아려 따라야지 내 맘대로 범의 뜻을 주물러서는 안 됩니다."

앙앙의 말을 잘 새겨들어 두면 세상을 다루는 괜찮은 조련사가 되는 비밀을 터득할 수 있다. 즉 세상의 뜻을 따르되 세상에 휘둘리지 말아야 한다는 것이다. 자신을 달래기 위해 명상하는 사람은 휘둘리지 않는다.

# 삼국(三國)을 떠난다

고망국古荒國에는 추위나 더위나 차이가 없다. 햇빛도 달빛도 비치지 않아 낮이나 밤이나 차이가 없다. 먹지도 않고 입지도 않지만 잠을 많이 잔다. 50일에 한 번씩만 깬다. 꿈속에서 한 일을 사실로 여기고 깨어나 눈으로 보는 일은 모두 허망하다 여긴다.

중앙국中央國은 춥기도 하고 덥기도 하다. 밝음과 어둠이 분명해 낮과 밤이 분명하다. 중앙국 사람들은 어리석기도 하고 현명하기도 해 재능도 다양하다. 예절도 차리고 법도 지킨다. 말도 많고 일도 많아서 이루 헤아릴 수 없다. 낮이면 깨고 밤이면 잠자면서 낮일은 사실이고 꿈속에서 본 일은 허망하다 여긴다.

부락국阜落國에는 늘 햇빛과 달빛이 비치고 따뜻하다. 그 땅에는 곡식 이삭 하나 없어 풀뿌리와 나무뿌리만 먹고 밥을 지어먹을 줄은 모른다. 성질머리가 강퍅해 힘센 놈이 약한 놈을 짓밟고, 싸워서 이기기를 좋아하고, 늘 쏘다니면서 잠자지 않는다.

내가 고달픈 것은 이런 삼국을 들락날락하기 때문이다. 내가 명상하는 것은 이 삼국을 떠나기 위해서이다.

# 지음(知音)의 벗

벗 중에 제일 가는 벗이 지음知音의 벗이다. 음音은 본래 마음속 소리를 말하니 지음知音이란 서로의 마음속을 주고받을 수 있음을 말한다. 그러면 마음이 늘 하나된다. 벗이란 두 마음, 세 마음 가릴 것 없이 하나됨이다.

백아伯牙가 높은 산에 올라감을 상상하면서 거문고를 타면 종자기鍾子期는 "참 좋다. 태산에 올라가는 듯하니." 했고, 백아가 흘러가는 물길을 상상하면서 거문고를 타면 종자기는 "참 좋다. 강물이 넘실넘실 흘러가누나." 하고 감탄했으며, 백아가 소나기를 맞던 때를 상상하면서 거문고를 타면 "소나기가 쏟아지니 어쩔까나." 하며 걱정하고, 백아가 태산이 무너지는 곡을 뜯으면 "태산이 무너지니 어쩔까나." 하며 근심에 잠겼다 한다. 그래서 백아는 감탄하면서 거문고를 놓고 종자기를 향해 "그대는 참으로 둘도 없는 지음의 벗이구려! 내 거문고 소리로 그대는 내 마음속처럼 상상하다니 지음의 벗이구려! 그대가 있는 한 어찌 내가 거문고를 타지 않겠는가." 했다 한다.

지음의 벗이 있다면 무거운 삶도 가벼워진다. 명상이야말로 나의 지음이다.

# 천명(天命)을 모른다

천명天命 아닌 것이 없다고 하면 요새 사람들은 비웃는다. 하지만 옛날 사람들은 꿈에서도 천명을 의심치 않았다. 곧은 물건은 곧은 대로, 굽은 물건은 굽은 대로 두고 만족한 것이다.

그러나 지금은 다르다. 곧은 것을 굽게 하면 명품이 되고, 굽은 것 또한 곧게 하면 명품이 된다면서 '내 삶을 디자인한다'는 말을 실현하기 위해 땀 흘린다. 그런 까닭에 스스로 오래 살고, 스스로 일찍 죽고, 스스로 못살고, 스스로 잘살고, 스스로 천해지고, 스스로 귀해지고, 스스로 크고 스스로 작아지는 등 그대로 두라는 소리를 인정하지 않는다. 어찌 스스로 된다는 말이 설득력을 얻겠는가. 안 되는 것이면 되게 하고, 싫은 것이면 좋게 하고, 좋은 것이면 더 좋게 하는 생활을 누려야지 벌거벗고 명품을 내동댕이칠 수는 없다 한다. 그러면서도 말로는 청산에 살어리랏다 한다. 이렇게 삿대질하면서 사는 것은 미쳐도 한참 미친 삶이다. 그러나 이런 나를 타락했다고 누가 질책하겠는가. 결국 지금까지 천명 따위를 알아서 뭐하겠는가 콧방귀 뀌면서 산 셈이다. 뒤늦게나마 편하고 싶다면 명상하라.

# 인간형 첫째 묶음

열자는 인간형을 스무 가지로 갈래지어 다섯 묶음으로 가름해 두었다. 성질이 방탕해 무엇이든 제멋대로 해치우는 묵미墨屎, 성실하고 단순하여 남에게 폐를 끼치지 않는 전질單至, 너그럽고 남의 허물을 잘 용서하면서 조급해하지 않는 천환嘽咺, 성질이 앙칼지고 조급해 남이 잘못하면 곧 격분하고 마는 별부 .

이 네 가지 인간형이 열자가 가름한 첫 번째 묶음이다. 그러나 이 네 인간들은 성질머리가 서로 다른데도 세상에서 함께 교제하며 살아간다. 죽을 때까지 서로를 이해하지 못하지만 충돌하지 않고 교제하면서 자신들의 교제술이 좋다고 생각한다.

열자는 이런 사람들을 두고 이렇게 토를 달아 두었다. "이 첫 번째 묶음에서 나는 어떤 유형의 인간인지를 자주 반문할수록 살아가는 데 많은 도움이 된다. 특히 성질머리가 사나워지려고 할 때 내가 '별부' 같은 인간은 아닌지 자문하는 순간 그래도 나는 '천환'이 되었으면 하는 바람을 갖게 된다. 그러면 나도 모르게 너그러워져 남의 허물을 용서할 수 있다."

산다는 일은 참으로 외줄타기와 같다.

# 인간형 둘째 묶음

열자는 인간형을 스무 가지로 갈래지어 다섯 묶음으로 가름해 두었다. 간사하고 아첨을 잘하여 남의 비위를 잘 맞추는 교녕<sup>巧佞</sup>, 어리석어 사리에 어둡지만 마음가짐이 지나칠 정도로 정직한 우직<sup>愚直</sup>, 성질머리가 모가 나 남의 잘못을 발견하면 곧장 시비를 거는 안작<sup>岸斫</sup>, 성질이 공순하여 남과 부딪치지 않고 살아가려고 하는 편벽<sup>便辟</sup>.

이 네 가지 인간형이 열자가 가름한 두 번째 묶음이다. 그러나 이 네 인간들은 성질머리가 서로 다른데도 세상에서 함께 교제하며 살아간다. 그들은 서로 죽을 때까지 서로를 이해하지 못하지만 충돌하지 않고 교제하면서 자신들이 교제술이 좋다고 생각한다. 열자는 이런 사람들을 두고 이렇게 토를 달아 두었다. "이 두 번째 묶음에서 나는 어떤 유형의 인간인지를 자주 반문할수록 살아가는 데 많은 도움이 된다. 특히 성질머리가 간사해지려고 할 때 내가 '교녕' 같은 인간은 아닌지 자문하는 순간 그래도 내가 '우직'이 되었으면 하는 바람을 갖게 된다. 그러면 나도 모르게 정직해져 남의 허물을 용서할 수 있다."

산다는 일은 참으로 외줄타기와 같다.

# 인간형 셋째 묶음

열자는 인간형을 스무 가지로 갈래지어 다섯 묶음으로 가름해 두었다. 교활해서 형세를 엿보다가 남을 위해서라면 털끝 하나 까딱 않고 이익이라면 독차지하는 요가(梟獝), 무엇이든 숨겨 두기를 싫어해 제 속을 다 털어놓고 마는 정로(情露), 마음이 조급해 성도 잘 내고 말도 빠르고 행동도 민첩한 건극(謇極), 성질머리가 사나워 남이 조금이라도 잘못하면 욕설을 퍼붓고 독설을 마다하지 않는 능취(凌誶).

이 네 가지 인간형이 열자가 가름한 세 번째 묶음이다. 그러나 이 네 인간들은 성질머리가 서로 다른데도 세상에서 함께 교제하며 살아간다. 그들은 서로 죽을 때까지 서로를 이해하지 못하지만 충돌하지 않고 교제하면서 자신들이 교제술이 좋다고 생각한다. 열자는 이런 사람들을 두고 이렇게 토를 달아 두었다. "이 세 번째 묶음에서 나는 어떤 유형의 인간인지를 자주 반문할수록 살아가는 데 많은 도움이 된다. 특히 성질머리가 교활해지려고 할 때 내가 '요가' 같은 인간은 아닌지 자문하는 순간 그래도 내가 '정로'가 되었으면 하는 바람을 갖게 된다. 그러면 나도 모르게 정직해져 남의 허물을 용서할 수 있다."

산다는 일은 참으로 외줄타기와 같다.

## 인간형 넷째 묶음

열자는 인간형을 스무 가지로 갈래지어 다섯 묶음으로 가름해 두었다. 남 속이는 것을 좋아해 세 치 혀로 남을 농락하려는 면정侫媚, 성질머리가 우둔하여 남에게 자주 못난이 취급을 받는 수위誰愚, 과감하여 일을 해치우는 데 서슴없는 용감勇敢, 겁이 많고 의심이 많아 하는 일마다 결단을 내리지 못하는 겁의怯疑.

이 네 가지 인간형이 열자가 가름한 네 번째 묶음이다. 그러나 이 네 인간들은 성질머리가 서로 다른데도 세상에서 함께 교제하며 살아간다. 그들은 서로 죽을 때까지 서로를 이해하지 못하지만 충돌하지 않고 교제하면서 자신들이 교제술이 좋다고 생각한다. 열자는 이런 사람들을 두고 이렇게 토를 달아 두었다. "이 네 번째 묶음에서 나는 어떤 유형의 인간인지를 자주 반문할수록 살아가는 데 많은 도움이 된다. 특히 성질머리가 누군가를 속이려 할 때 내가 '면정' 같은 인간은 아닌지 자문하는 순간 그래도 내가 '수위'가 되었으면 하는 바람을 갖게 된다. 그러면 나도 모르게 정직해져 남의 허물을 용서할 수 있다."

산다는 일은 참으로 외줄타기와 같다.

# 인간형 다섯째 묶음

열자는 인간형을 스무 가지로 갈래지어 다섯 묶음으로 가름해
두었다. 성질이 화순하여 남들과 잘 어울리는 다우多偶, 독단이
심해 무슨 일이든 남과 함께 하지 못하는 자전自專, 완고하고 권
력을 좋아해 남을 얕보고 업신여기는 승권乘權, 홀로 있기를 좋
아해 자립심이 강하고 남에게 굽히지 않는 척립隻立.

이 네 가지 인간형이 열자가 가름한 다섯 번째 묶음이다. 그
러나 이 네 인간들은 성질머리가 서로 다른데도 세상에서 함께
교제하며 살아간다. 그들은 서로 죽을 때까지 서로를 이해하지
못하지만 충돌하지 않고 교제하면서 자신들이 교제술이 좋다고
생각한다. 열자는 이런 사람들을 두고 이렇게 토를 달아 두었다.
"이 다섯 번째 묶음에서 나는 어떤 유형의 인간인지를 자주 반문
할수록 살아가는 데 많은 도움이 된다. 특히 성질머리가 독단하
려고 할 때 내가 '자전' 같은 인간은 아닌지 자문하는 순간 차라
리 내가 '척립'이 되었으면 하는 바람을 갖게 된다. 그러면 나도
모르게 정직해져 남의 허물을 용서할 수 있다."

산다는 일은 참으로 외줄타기와 같다.

# 자반(自反)한다

열자가 갈래 지어 놓은 인간형 스무 가지를 보면 수많은 인간들이 어물전에 쌓여 있는 한 쾌의 북어짝 같다는 생각이 든다. 아무리 눈썰미 좋은 어부가 크기에 맞게 갈라 고만고만하게 나누어 스무 마리씩 한 줄에 꿰어 한 쾌를 만든다 해도 찬찬히 들여다보면 같은 놈이 하나도 없는 것이 북어쾌다. 따지고 보면 선한 사람과 악한 사람이 따로 있지 않은 것이 인간 세상이다. 선하다고 하면 선하고 악하다고 하면 악한 것이 인간인 것이다. 그런즉 죽일 놈, 살릴 놈 하면서 삿대질하고 한 판 붙어 보자고 주먹 쥘 일 없다.

강한 사람일수록 자기에게로 되돌아올 줄 안다. 한사코 남에게 분풀이하겠다고 심술부리다 보면 제풀에 꺾여 숨질이 가팔라 목이 조이게 마련이다. 그러니 사서 고생하고 긁어 부스럼 만들 일 없다. 날마다 세상을 살펴 조신해야지 어물어물하다 올무에 걸려 사지를 마음대로 틀 수 없는 지경을 당할 수도 있다. 그래서 눈뜨고 코 베어 가는 세상이라 하는 것이다. 그렇다고 해서 나는 선한데 남들이 악해서 그렇다고 핑계 댈 것도 없다. 내가 돌이켜 반성하면 그만이다.

# 자벌(自伐)하지 마라

열자가 백이伯夷의 청빈淸貧을 홍보하는 것은 당연하지 싶다. 제 청빈을 세상에 보이기 위해 버티다 수양산 밑에서 굶어 죽었으니 말이다. 결국 제 자랑하다[自伐] 죽은 것이다. 지나침은 모자람만 못하다 하지 않는가.

청빈한 사람을 꼽으라면 세종 때 우의정을 지낸 유관柳寬을 들 수 있다. 허름한 지붕이 여름 장마를 견디지 못해 방 안으로 비가 주룩주룩 새어 드는데도 유관은 천연덕스럽게 빗물을 맞고 있었다. 참다 못한 아내가 지우산을 가져와 남편에게 권하면서 우의정이면 뭐하느냐고 투정하자 유관은 이렇게 말했다. "지우산도 없는 백성은 얼마나 딱하오. 그래도 우리에게는 이 지우산이 있지 않소. 우리 여기서 낚시를 드리우고 낚시질이나 합시다." 그 말에 할 말을 잃은 아내가 그냥 웃고 말았다는 이야기가 백성의 입을 타고 지금까지 전해 온다.

청빈이란 이런 것이다. 남들이 가난함을 견디지 못해 남들이 먼저 부자가 되고 내가 꼴찌로 부자가 되려는 마음이 곧 청빈인 것이다. 유관은 우의정이면서도 그냥 성 밖의 백성과 어울려 백성처럼 살았을 뿐 청빈을 앞세워 제 자랑을 하지 않았다.

# 자명(自明)하라

등잔 밑이 어둡다고 말하지 말아야 한다. 등잔 밑이 어두운 줄 알면서도 그냥 내버려두고 어둡다고 말하는 것은 해야 할 일을 하지 않고 핑계 대는 것에 불과하다. 이는 결국 자신을 속이는 짓이다.

다른 일 다 제쳐두고 등잔 밑부터 밝히면 되니 참으로 쉽다. 등잔에 불을 켜는 것은 밖을 밝히기 위함이다. 등잔 밑을 밝힌다 함은 안을 밝히기 위함이다. 그 '안'을 어떻게 풀이하느냐가 중요하다. 그 안을 제 마음속이라고 여긴다면 등잔 밑이 어둡다는 말의 참뜻은 절로 드러난다. 하지만 제 앞가림도 제대로 하지 못하면서 남의 일을 두고 이래라 저래라 입질하는 사람들은 등잔 밑이 어둡도록 내버려두는 것과 같다. 나부터 밝히고 남을 밝히려 든다면 흠 잡힐 일이 없을 것이다. 결국 등잔 밑이 어둡다는 속담은 자명(自明)하라는 말과 같다. 남을 밝히려 들기 전에 나부터 밝혀 보라(自明) 함이다. 그렇게 하면 얽혔던 일도 풀리고 어둡던 일도 밝아져 사는 일이 가벼워진다. 그래서 스스로 밝힘(自明)을 일러 슬기라고 한다.

# 자시(自是)하라

 나만 옳다고 우기지 마라. 그러면 상대도 옳다고 삿대질을 한다.

'역지사지易地思之'라는 말을 알 것이다. 입장을[之] 바꾸어[易] 생각해 보라[思之] 함이다. 내가 먼저 상대의 입장으로 돌아가 생각해 보면 내 명암明暗이 드러난다. 내가 밝다면 옳은 셈이지만 그렇다고 상대를 눈부시게 해서는 안 된다. 만약에 내가 옳다고 밝히면 상대 또한 자신이 옳다면서 하이빔을 켜고 나를 향해 달려온다. 밤에 2차선 도로를 달리고 있는데 맞은편 차량이 하이빔을 켜고 달려오는 경우를 당해 본 경험이 있을 것이다. 그렇게 되면 시야가 캄캄해져 순간적으로 아찔해진다. 두 사람 사이에 그런 일이 벌어지면 충돌 사고가 날 수 있다. 살면서 될 수 있는 대로 충돌을 피해야 사는 일이 부드럽다. 내가 옳다[自是]고 주장하면 설령 옳다 해도 거칠어 보여 공연히 오해를 사고 만다. 공연한 오해보다 더 억울한 경우는 없다. 그래서 함부로 내가 옳다[自是]고 내세우지 말라는 것이다.

살아가면서 의젓하게 여유를 누리려면 한 발 뒤로 물러서서 저만치 거리를 두고 바라보는 것이 좋다.

# 자족(自足)하라

요새는 달걀이 흔해져서 시골에서도 '꿩알 서리'라는 말이 없어졌다. 과거에는 곡우穀雨 무렵이 되면 꿩알 서리를 했다. 솔직히 말해 꿩알을 훔치는 것이다. 그렇게 하려면 까투리가 알을 낳아두는 둥지를 찾아내야 한다. 까투리도 알을 도둑맞을세라 가시덤불 속에 마치 똬리를 틀듯 오목한 접시처럼 둥지를 틀어 그 속에 알을 숨겨둔다. 굶주린 뱀이나 오소리 등이 알을 노리니 교묘하게 둥지를 숨기는 것이다. 그래서 꿩알 서리를 잘하는 아이는 또래들 사이에서 인기가 많았다. 찔레넝쿨이 우거진 가시덤불 속에 풀숲이 우거져 있으면 그곳엔 거의 까투리 둥지가 있다.

"둥지에 꿩알이 셋이면 그냥 두어라. 다섯이면 둘만 꺼내고 예닐곱이면 셋만 꺼내라. 열 개가 넘거든 결코 다섯 개 이상 꺼내지 마라."

이는 꿩알 서리에 앞서 할아버지가 손자에게 단단히 타일러 주던 다짐이다. 둥지의 꿩알을 모조리 빼앗지 말라 함이다. 그렇다. 스스로 만족해야지[自足] 꿩알을 탐하면 까투리도 용서해 주지 않는다.

# 자만(自慢)하지 마라

사마귀가 여치를 먹잇감으로 사냥하려는 순간, 갑자기 달려오는 수레 소리에 놀란 여치가 그만 놀라 펄쩍 뛰어 달아나 버렸다. 이에 화가 치민 사마귀는 저만치서 달려오는 수레를 노려보며 "내 저 수레를 혼내 주리라!" 생각했다. 그리고는 수레가 오기를 기다리고 서서 날갯짓을 하며 두 앞발로 허공을 할퀴었다. 수레를 끄는 말발굽 소리와 함께 수레바퀴가 길바닥을 밀어냈다. 그와 함께 기세등등하던 사마귀는 바퀴 자국에 깔려 흙바닥에 상감질 당한 꼴이 되고 말았다.

사마귀는 천지를 여치 나부랭이쯤으로 여긴 탓에 달려오는 수레를 얕보다가 그만 제 스스로 제 몸을 다림질 당한 것이다. 그런데 세상에는 사마귀 같은 인간들이 의외로 많다. 세상 물정 모르고 오두방정 떠는 인간들이 남을 업신여기려 든다. 길을 가다 그런 인간을 만나거든 모른 척하고 옆으로 피해 가라. 천 길 벼랑에 선 줄도 모르고 저 잘났다고 뽐내는[自慢] 인간보다 더 불쌍한 사람은 없다. 그래서 자만심[自慢心]은 단칼에 쳐내라 하는 것이다.

# 자득(自得)하라

자득[自得]은 호롱불로 한다는 말이 있다.

돌잡이 전의 어린아이가 사방을 기어다니기 시작하면 가장 먼저 가르치는 것이 불조심 버릇이다. 아이는 불꽃을 매우 좋아해서 불꽃만 보면 잡으려고 한다. 마치 불나방이 타 죽는지도 모르고 불빛에 끌려 불구덩이 속으로 날아드는 것처럼 말이다. 불꽃을 향해 토실토실한 엉덩이를 들썩들썩하면서 조막손으로 불꽃을 잡겠다고 흔들어 대면 할머니는 어린아이를 가슴에 꼭 안고 등잔 위에 놓인 호롱불 가까이로 데려간다. 그러면 아이는 좋아서 어쩔 줄 모르며 조막발로 할머니 배참을 걸어차면서 용숫음친다. 어미는 그저 불안한 눈초리로 아이를 바라보면서 행여나 아이가 데일까 봐 걱정이다. 어린것을 안은 할머니가 호롱불 심지 짬 가까이로 조막손 엄지 검지를 모아 가져가면 아이는 불꽃을 움켜쥐려고 한결 더 펄쩍거린다. 그러다 불기운이 조막손으로 전해지면 울음을 터뜨리며 어미를 찾는다. 그럼 그제서야 할머니는 "불 무서운 줄 절로 알았지[自得]! 이놈 자득[自得]했어."라며 아이를 어미한테 넘겨준다.

# 7. 일상(日常)의 길잡이

　날마다 틀에 박힌 생활을 거듭하다 보면 하루하루 살아가는 일이 지치기도 하고 지루할 수도 있다. 노래방에 들러 노래를 부르거나 영화관에서 영화를 보거나 운동장에 가 경기를 구경한다고 해서 생활의 지루함을 털어 버릴 수는 없는 일이다. 무더울 때 얼음물 한 잔 마신다고 해서 무더위를 지울 수는 없지 않은가. 이처럼 임시 방편으로는 일상의 지루함을 이겨내기가 불가능하다.

　틀에 박힌 일을 지루해하며 일상의 틈바구니에 시달린다고 역정을 낸다면 더욱 고달파진다. 반복되는 생활 속에서도 날마다 충전(充電)해야 한다는 진리를 깨우치는 것이 중요하다. 그리하면 통속에 갇혀 사는 다람쥐도 바퀴를 돌리다 지치면 앞발을 비벼 장단을 맞춘다는 말뜻을 헤아릴 수 있다. 힘을 다 쓴 배터리도 충전하면 다시 새로운 힘을 낸다. 이처럼 매일 밤 잠들기 전에 10분씩만 명상하면 일상의 지루함을 달래 줄 충분한 힘을 재충전할 수 있다. 내일을 위한 활력을 재충전하는 데 명상보다 더 좋은 방법은 없다.

　일상의 틈바구니에서도 살맛 나게 해 주는 일들이 숨어 있다.

관심을 가지고 살다보면 상큼하고 풋풋한 삶의 이야기들을 들을 수 있다. 수수하게 살아가는 이야기일수록 상쾌한 산들바람처럼 시원할 때가 많다. 그런 면에서 일상에서 찾아낼 수 있는 살아가는 이야기도 너끈하게 명상의 길잡이 구실을 할 수 있다.

# 무서운 사람들

세상이 무섭다는 말은 틀린 말이다. 사람이 무섭지 세상이 무서운 것은 아니다. 대낮에 남의 코를 베어 가는 세상이라고 세상을 탓할 것 없다. 그렇게 표변한 인간들이 많아졌을 뿐이다. 선악(善惡)을 제멋대로 정하려는 사람이 가장 무섭다. 자신에게 좋으면 선(善)이고 해롭거나 나쁘면 악(惡)이라고 하면서 세상을 얕보는 사람이 가장 무섭다는 것이다. 그런 인간들이 갈수록 많아져서 세상이 무서운 것처럼 보이는 것이다.

원래 선(善)이란 나를 이롭게 하는 것이 아니라 남을 먼저 이롭게 하라는 가르침이다. 그런 이치를 어기면 악(惡)이 비롯된다. 이러한 선악을 비웃고 사는 사람들이 많아져 인생이 무서워지고, 그로 인해 삶이 고달파진다. 인생을 무섭게 하는 것보다 더 큰 죄악은 없다. 내 인생이 행복하려면 남의 인생이 먼저 그렇게 되어야 한다. 그런데 우리는 그 진리를 모르고 모두 내 중심으로만 세상을 저울질하려 한다. 그렇다 보니 세상이 살벌하고 앙상해 보인다. 하루하루 남보다 더 선하게 살 수 있기를 바라는 사람들 속에 내가 들어갈 수 있다는 마음가짐으로 집을 나서는 일이 무엇보다 소중한 때다.

# 철없는 사람들

땀 흘린 만큼 거두어들이게 마련이다. 한 되의 땀을 흘렸으면 한 되의 열매를 얻는 것이 바른 이치다. 한 줌의 땀을 흘리고 한 말의 열매를 얻으려는 것은 사나운 욕심이다. 부질없는 욕심은 곧 철없는 짓이다. 그래서 철없는 짓을 범하면 쭉정이만 남을 뿐 여문 열매를 얻기 어렵다. 이것이 삶의 진실이다.

사람이 되려면 철들게 하는 교육이 필요하다. 그런 교육은 입시 교육과 같을 수 없다. 입시 교육은 잘난 사람을 만들려고 하지 된사람을 길러 내려고 하지는 않는다. 유식하면서도 무식한 경우가 많다. '하나 더하기 하나는 둘'이라는 지식은 알아도 '하나를 배우면 둘을 알아'는 슬기는 팽개치려는 까닭이다. 지성知性만 무성하고 덕성德性은 초라해지고 만 셈이다. 그러다 보니 빈 수레처럼 시끄럽게 굴러가는 경우가 많다.

무더운 여름이 가고 선선한 가을이 오면 자연은 우리로 하여금 되돌아보게 한다. 여름에 얼마나 땀 흘려 일했는지 자문해 보도록 하는 것이다. 철든 사람은 햇볕 아래서 열심히 일했을 것이고, 철없는 인간은 그늘만 찾아다니느라 잔꾀를 부렸을 것이다. 철없이 살지는 않았는지 돌이켜 보는 순간이 늘 필요하다.

# 반포(反哺)의 삶

받은 자慈를 효孝로 되돌려 주라 한다. 자慈는 부모가 자식을 사랑하는 것이고, 효孝는 자식이 부모를 사랑함을 말한다. 효孝로써 자慈를 보답함이 반포反哺의 삶으로, 부모 자식 사이가 어떤 삶인지를 말해 주는 것이기도 하다.

어미 까마귀가 먹이를 씹어 새끼를 먹여 키우고, 어미 까마귀가 늙어 먹이를 씹을 힘이 없어지면 자란 새끼 까마귀가 먹이를 씹어서 제 어미를 먹여 살린다는 이야기에서 반포反哺라는 말이 나왔다. 하물며 사람이 어찌 효孝를 잊겠느냐는 말이다. 그러나 인간의 삶에서는 반포反哺의 삶이 깨져 가는 중이라 걱정이다. 자慈를 듬뿍 받았음에도 효孝로 되돌려 주는 데는 인색하기 짝이 없는 세태가 심심찮게 벌어지고 있기 때문이다. 어쩌면 인간은 반포反哺의 까마귀만도 못한지 모른다. 왜 이렇게 되어 가는가. 자식들이 어렸을 때부터 몸뚱이만 챙겨 주고 자식의 마음속은 챙겨 주지 못한 부모 탓이 아닌가 싶다. 품 안의 자식이라는 말로 핑계 댈 것 없다. 내리받이 품앗이가 인생人生이라는 것을 잊어서는 안 된다. 내가 불효不孝하면 반드시 뒷날 내가 불효不孝를 당하고 만다.

# 금설(金舌)의 미끼

예부터 금붙이[金] 혓바닥[舌]이 입을 막는다[蔽]고 했다. 떳떳치 못한 돈을 받아 먹으면 혀가 굳어져 말문이 막힌다는 뜻이다. 그런 혓바닥을 두고 금설[金舌]이라 한다. 꿀 먹은 벙어리도 같은 말이다. 뇌물이나 횡령, 탈세 같은 것들이 바로 금설[金舌]의 미끼에 걸려들게 하는 덫이다. 금설의 짓을 감춰 보려고 아무리 꼼수를 부려도 결국엔 드러나고 만다. 금붙이 혓바닥은 입속에 숨길 수 없는 까닭이다.

어떤 도둑질이든 사람을 켕기게 하면서 마음속을 진땀으로 채우게 한다. 그래서 도둑놈은 제 발 소리에 제가 질려 잡히고 만다. 한 가정이 편하고 행복하려면 가족 구성원 가운데 도둑놈이 없어야 한다. 가족 중에 한 명이라도 도둑놈이 있으면 가족 모두가 벙어리가 되고 주눅이 들어 생지옥을 겪어야 한다. 유명세를 타던 사람이 뒤로 못된 짓을 범하다 발각되어 세상을 서글 프게 하는 일이 자주 일어난다. 이는 모두 금설[金舌]의 미끼에 걸려든 탓이다. 그런 미끼를 물면 바로 덫에 걸려 가족의 입마저 못질하고 마는 일이 벌어진다. 이런 꼴을 두고 금설구폐[金舌口蔽]라 하는 것이다. '금붙이[金] 혓바닥이[舌] 입을[口] 틀어막는다[蔽].'

# 새롭게 생각하기

늘 새롭게 생각하는 사람은 남을 따라하는 사람이 아니다. 남들과 똑같이 느끼고 생각한다면 새로운 생각을 할 수 없다. 세상에서 가장 강한 사람은 누구일까? 항상 새롭게 생각하는 사람이다. 흉내를 내면 가장 약한 사람이 되고 만다.

여러 장정들이 모여 종각에 큰 종을 굴려다 놓았다. 그러나 종이 너무 무거워 매달 수 없어서 걱정만 하고 있었다. 여섯 살짜리 꼬마가 그 광경을 보다가 자신에게 맡겨 주면 당장 달겠다고 했다. 그 말에 장정들은 꼬마에게 저리 가라고 호통을 쳤다. 그러나 꼬마는 정말로 매달 수 있다며 당당히 대들었다. 그러면서 이렇게 말했다. "왜 무거운 종을 꼭 들어서 매달려고만 하지요? 먼저 종을 매달 자리에 알맞은 높이로 흙을 쌓은 뒤 그 흙더미 위로 종을 굴리세요. 그런 뒤에 종을 종각에 튼튼하게 매고 종 밑에 있는 흙더미를 파면 종이 매달리잖아요."

무거운 종을 매다는 데 있어 꼬마와 장정들 가운데 누가 더 새로운 생각을 가지고 있었는가?

# 왜 삶이 살벌할까

남을 진정 이기고 싶다면 내가 먼저 지면 된다. 지는 것이 이기는 경우를 두고 극기克己라 한다. 남에게 칭송받고 싶다면 아낌없이 남을 먼저 칭찬해 주라. 이를 일러 겸허謙虛라고 한다. 남을 탓하면 원수를 사지만 나 자신을 탓하면 벗을 얻는다. 이를 용서容恕라고 한다. 욕심을 채우면 막다른 골목을 향하게 되지만 욕심을 줄이는 순간 통하는 길이 열린다. 이를 절제節制라고 한다. 그러나 지금 우리는 극기할 줄 모르는 탓에 사나워졌고, 겸허할 줄 모르는 탓에 뻔뻔해졌으며, 용서할 줄 모르는 탓에 거칠어졌고, 절제할 줄 모르는 탓에 험해졌다. 이렇게 된 우리의 실상實像을 부끄러워할 줄 모르면 의義가 질식되어 버리고 말 것이다.

의義가 질식되어 간다는 것은 곧 이利가 기승을 부린다는 말과 같다. 우리는 지금 의義는 멀리하면서 이利만 쫓고 있는 존재로 돌변해 가고 있다. 이렇게 되면 서로 강자가 되겠다고 아우성치게 된다. 의義를 저버린 강자는 무엇이든 빼앗으려고 한다. 모두 강자가 되면 모두 약자가 되는 것이다.

# 상상(想象)과 공상(空想)

 늘 새롭게 생각한다는 것은 끊임없이 상상의 순간을 마주한다는 말이다. 상상은 이치를 따져 생각하지만 공상은 되는 대로 생각해 버린다. 그래서 상상하는 사람은 스스로 새롭게 질문하고 새롭게 대답하려고 노력하지만 공상하는 사람은 이런저런 헛꿈만 꾸고 만다.

가운데에 구멍이 꼬불꼬불 뚫려 있는 주먹만 한 구슬이 하나 있었다. 그 구멍을 가로질러 실을 넣는 자에게 구슬을 준다 했지만 아무도 그 구멍으로 실을 넣지 못했다. 그런데 한 어린이가 구슬 구멍을 유심히 보는 것이 아닌가. 유심히 지켜보던 아이는 그 구멍이 개미구멍만 하다는 것을 발견하고는 이렇게 생각했다. '개미에게 시키면 되겠다. 어떻게 시킬까? 그래, 개미는 꿀을 좋아하지. 한쪽에 꿀을 발라 놓고 다른 쪽으로 개미허리에 명주실을 묶으면 되겠다.' 이렇게 서로 맞는 생각을 떠올리면 상상하는 것이다. 구슬 구멍 앞에 놓인 개미는 꿀 냄새가 나는 곳을 향해 구슬 속으로 기어들어 갔다. 개미와 함께 명주실도 따라 들어갔다. 개미는 구멍을 빠져 나와 달콤한 꿀을 먹을 수 있었고, 어린이는 명주실로 구슬을 꿸 수 있었다. 구슬 구멍을 개미구멍으로 상상한 덕에 그 어린이는 구슬의 주인이 되었다.

# 우울증에 걸리다니

남들이 찾아내지 못한 것을 찾아내면 발견하는 주인이 되고, 남들이 생각하지 못한 것을 만들어 내면 발명하는 사람이 된다. 발견하거나 발명하는 사람들에게는 공통점이 하나 있다. 무엇일까? 바로 남들과 달리 곰곰이 살펴보는 태도다.

곰곰이 살펴보는 사람은 항상 기쁘고 즐거워 삶이 지루하지 않다. 살펴보면 볼수록 신기하기 때문이다. 곰곰이 살피기 좋아하는 사람은 조약돌을 보고도 한없는 호기심을 자아낸다. '왜 이렇게 생겼을까, 왜 이런 색깔이 날까, 왜 단단할까.' 이런 질문들이 꼬리에 꼬리를 물고 이어진다. 스스로 질문을 내고 스스로 답을 구해야만 미래를 만들어 내는 주인으로 거듭날 수 있다. 온갖것을 곰곰이 살피면 새롭지 않은 것이 없다.

새로운 것은 항상 숨어 있다. 숨어 있는 것은 찾아내지 않으면 드러나지 않는다. 남들이 미처 몰랐던 것을 알아내는 세계는 곰곰이 보고 살피는 사람의 몫이다. 눈여겨보지 않고 스쳐 가는 사람에게는 온갖 것이 멍해 보일 뿐이다. 그래서 멍청하다는 말을 듣고 사는 일이 귀찮고 지루하다면서 우울증을 사서 앓는 것이다.

# 개나리꽃처럼, 뱁새처럼

개나리꽃을 상상해 보라. 꽃잎 하나는 작고 연약하기 짝이 없다. 그러나 개나리꽃은 홀로 피지 않는다. 무리 지어 떨기를 이루고 오순도순 샛노란 빛깔로 마지막 겨울의 찬바람을 녹인다. 개나리는 살진 땅을 바라지 않는다. 아무리 척박한 땅이라도 마다하지 않고 뿌리를 내리고 생명을 무성하게 한다. 어디 그뿐인가. 뿌리가 없으면 몸뚱이에서 새 뿌리를 내려 다시 검소하게 새로운 삶을 시작한다. 우리네 삶도 무리 지어 오순도순 피는 개나리꽃처럼 화사하다면 얼마나 좋을까.

이제 뱁새를 상상해 보라. 둥지를 짓는 데 야무지기 짝이 없다. 음흉한 꽃뱀도 뱁새 둥지 속을 넘보지 못한다. 목숨을 걸고 둥지를 지켜 새끼를 한 점 부끄럼 없이 키우고 길러 낸다. 암컷이 먹이를 물어와 새끼를 먹이면 수컷은 다시 먹이 사냥을 떠난다. 눈치를 보거나 변명을 하거나 꾀도 부리지 않고 그저 성실하고 정직하게 제 할 일을 할 뿐이다. 깃털 하나 자랑할 것 없고 몸집도 보잘것없지만 뱁새는 부지런하고 성실하다. 우리네 삶도 뱁새 같다면 아무리 세상이 거칠어도 걱정할 것이 없을 것이다. 개나리꽃과 뱁새를 하찮다고 말할 수 있겠는가?

# 미래를 갖는 사람들

팽이치기를 해 본 사람은 팽이가 넘어지지 않고 도는 이유를 알 것이다. 또 팽이가 넘어지지 않게 하려면 팽이가 계속 돌 수 있게 하는 힘을 받아야 한다는 것도 알 것이다.

사람의 뜻도 무너지질 않으려면 팽이처럼 힘을 받아야 한다. 뜻을 세우고 팽이치기를 하듯 끊임없이 힘을 쏟는 사람만이 미래를 만들 수 있다. 그래서 미래를 기다리지 말라고 하는 것이다. 미래는 요구해야 한다. 미래는 사람 뜻에 따라 만들어질 수 있기 때문이다. 새롭게 느끼고 새롭게 생각함이 곧 미래를 만들어 내는 씨앗이다. 어제, 오늘, 내일 변함 없이 느끼고 생각하는 사람은 버릇에 물들어 새로운 힘을 낼 수 없다. 그러면 새로운 것을 만나도 새로운 줄 모르고 지나쳐 버리게 된다. '나는 나 스스로 문제를 내고 나 스스로 해답을 찾는 사람인가. 아니면 남들이 하는 대로 따라하는 사람인가?' 이렇게 자문하면서 만나는 사물을 반갑게 마주하고 새롭게 살펴야만 미래를 만날 수 있다.

미래는 이루어 낼 삶의 세계이지 기다려 주는 기성품이 아니다. 아이디어가 가득한 사람은 유별난 사람이라기보다는 사물을 아끼면서 관심을 쏟는 사람이다.

# 젊은 뜻, 늙은 뜻

과거에 안주安住하려는 뜻은 늙은 것이다. 그러나 과거를 살펴 미래로 나아갈 방향을 찾는 뜻은 젊고 싱싱하다. 본래 뜻[志]이란 마음이 가는 바를 말한다. 마음이 어디로 가는가? 과거로 향해 되돌아가면 늙은 뜻이고, 미래를 향해 나아가면 젊은 뜻이다. 젊은 뜻이라야 새로운 삶을 열 수 있다.

누구나 잘살기를 바란다. 그러나 돈을 많이 벌고 저금해 둔 돈이 많아야 잘사는 것은 아니다. 남들이 열지 못하는 미래를 열어서 삶을 새롭게 일구는 사람이 진실로 잘사는 것이다. 그렇게 하기 위해서는 오늘보다 내일을 낫게 살려는 뜻이 있어야 한다. 그래야만 새로운 삶의 장場이 열린다. 나 자신을 변화시키고 향상시키겠다는 뜻이 있어야 삶이 새로운 물결을 탈 수 있다. 날마다 다람쥐 쳇바퀴 돌듯 살면서 앞으로의 삶이 밝기를 바란다면 밝은 미래를 누릴 수 없다.

삶의 변화와 발전은 날마다 새롭게 살겠다는 성실한 마음가짐으로 증명된다. 성실한 마음은 사소한 일일지라도 정성을 다해 새롭게 완수하려고 하는 것이다. 주어진 대로 살아가는 사람은 자신을 돌이켜 볼 줄 모르는 늙은 사람에 불과하다.

# 슬기로운 동생

형제가 산속으로 약초를 캐러 갔다. 날이 저물 무렵 산을 내려오다 형제는 목이 말라 옹달샘에서 함께 물을 마셨다. 옹달샘 바닥에는 뽀얀 실지렁이가 뒤엉켜 살고 있었다.

다음 날, 동생이 형에게 약초를 캐러 가자고 했더니 형은 밤새 배가 아파 한숨도 못 잤다며 괴로워하는 것 아닌가. 동생이 형에게 그 이유를 물으니 옹달샘의 실지렁이가 뱃속으로 들어가 새끼를 치고 있다는 생각이 들어 겁이 난다는 것이었다. 그 말에 동생은 걱정 말라고 하고는 밖으로 나갔다. 그리고는 한참 뒤에 돌아와 아랫마을 한의원에서 뱃속의 지렁이를 모조리 죽이는 약을 구해 왔다고 했다. 동생은 재빨리 약을 달여다 형에게 마시라고 주면서 말했다. "꿀컥꿀컥 그냥 마시래. 그래야 뱃속의 실지렁이가 죽어 나온대. 그리고 변을 본 다음 꼭 살펴보라고 했어." 동생이 약사발에 삼베 헝겊의 실오라기를 올올이 풀어 잘게 썰어 넣어 둔 것이다. 형은 한약을 달게 마셨다.

다음 날, 소화되지 않은 삼베 실오라기가 변속에 하얗게 묻어 나왔다. 형은 하얀 실오라기를 보고 뱃속의 실지렁이가 죽어 나왔다고 믿었다. 동생은 빙그레 웃었고, 형은 동생을 보고 고마워했다.

# 멍청한 외통수

옛날에 외통수라는 별명을 가진 사람이 살았다. 그는 장터에서 새 신발을 살 작정으로 실끈으로 미리 제 발 크기를 재어서는 실끈을 갓집에 고이 넣어 두었다. 장날 아침, 외통수는 도포를 입고 갓을 쓰고 장터를 향해 길을 재촉했다. 삼십 리 길을 타박타박 걸어 한낮이 되어서야 장터에 닿은 그는 신발 가게로 가 자신에게 맞는 신발을 고르려 했다. 그런데 아무리 도포 자락을 뒤져 보아도 실끈은 나타나지 않았다. 순간 갓집에다 실끈을 두고 왔다는 사실이 생각났다. 결국 그는 경솔한 자신을 달래면서 다음 장날 다시 실끈을 가지고 와서 신발을 사야겠다고 생각했다. 맨손으로 돌아온 남편을 보고 그의 아내가 왜 헌신을 그냥 신고 왔느냐고 물었다. 부인의 말에 외통수는 신발을 사지 못한 연유를 자세히 알렸다. 그 말에 아내는 "두 발은 가지고 갔지 않았느냐."며 퇴박을 놓았다. 망신을 당하고도 외통수는 갓집에 넣어 둔 실끈을 잊어버리지 않게 이번에는 갓끈에 묶어 두어야겠다고 중얼거렸다.

현명한 사람은 어리석음을 뉘우쳐 고치지만 멍청한 사람은 제가 옳다고 고집만 부린다. 제 발로 신어 보고도 신발을 살 줄 몰랐던 외통수처럼 말이다.

# 그림자를 탓하지 마라

"경불위곡물직景不爲曲勿直 한다." '그림자는 굽지도[曲] 못하고[不爲] 곧지도[直] 못한다[勿].' 는 말로, 관자管子의 말씀이다.

그림자는 제 뜻이 없다. 그림자는 주인을 따라할 뿐이다. 주인이 동그라미이면 그림자도 동그라미가 되고, 주인이 세모이면 그림자도 세모가 된다. 또 주인이 곧으면 그림자도 곧고, 주인이 굽거나 휘어지면 그림자도 굽거나 휘어진다.

밝은 곳에 서 있으면 그림자가 나를 따라온다. 나는 그림자의 근본이고, 그림자는 나의 말단이다. 내가 굽어지면 내 그림자도 굽어지고, 내가 곧으면 내 그림자도 곧아진다. 그래서 근본이 굽어지면 말단도 굽어지고, 근본이 곧으면 말단도 곧다. '윗물이 맑아야 아랫물도 맑다.' 는 속담도 그래서 생긴 것이다. 그런데 윗물은 흐리면서 아랫물은 맑기를 바라는 사람들이 있다. 이것은 나는 굽으면서 그림자에게는 곧으라고 하는 것과 같다. 주인이 정직하면 마름도 정직하고, 주인이 모질면 마름도 모질다는 말이 있다. 그래서 대들보가 곧아야 지붕이 내려앉지 않는다고 하는 것이다. 굽은 막대이면서 어찌 곧은 그림자를 바라는가.

# 호랑이와 이리도 어질다

"호랑인야〔虎狼仁也〕이다." '호랑이와〔虎〕 이리도〔狼〕 어질〔仁〕다〔也〕.' 라는 말로, 장자의 말씀이다.

맹수는 잔인하고 사람은 어질다고 단언하지 말라. 호랑이도 제 새끼를 어루만져 키우고, 이리도 제 새끼를 애지중지한다. 사람은 배가 불러도 살인을 범하지만 호랑이와 이리는 주린 배를 채울 만큼만 잡아먹을 뿐 배가 부르면 결코 살생하지 않는다. 오직 사람만 전쟁을 일삼지 산야에 사는 짐승들은 전쟁할 줄 모른다. 따지고 보면 호랑이나 이리보다 인간이 더 잔인하다. 그렇다면 사람과 호랑이 가운데 어느 쪽이 더 어질겠는가? 장자는 이러한 의문을 제기하고 사람들로 하여금 건방을 떨지 못하게 하기 위해 이런 말을 남긴 것이다. '호랑이나 이리도 어진데 하물며 사람이 어찌 어짊을 버리고 이리도 잔인하단 말인가?' 라고 자문해 보라는 가르침이다. 그러나 사람들은 어찌 호랑이를 두고 어질다 하느냐고 장자를 비웃을 것이다.

세상 사람들은 천지가 오직 사람을 위해 존재한다고 착각하고 있다. 하지만 장자는 천지가 사람의 것이 아님을 우리에게 깨우쳐 준다. 세상에 내 뜻대로 되는 일은 하나도 없다.

# 크나큰 믿음

"대신불약大信不約한다." '크나큰[大] 믿음은[信] 구속하지 않는다[不約].' 는 말로,《예기禮記》에 나오는 말씀이다.

상대를 완전히 믿으면 믿음을 확인하거나 공증하거나 보증할 필요가 없을 것이다. 그러나 세상 인심이 험해진 탓에 공증도 받아야 하고, 보증도 서야 하고, 인감 증명서도 받아야 한다며 서로가 서로를 감시하는 세상이 되어 버리고 말았다. 말로 주고받는 약속 따위는 아예 믿지 않으려고 한다. 약속을 믿지 못하는 세상이 된 것이다. 큰 믿음이란 결국 내가 너를 나처럼 생각하고, 내가 너를 나처럼 이해하고, 내가 너를 나처럼 판단한다는 뜻이다. 그렇지 않고서는 인간과 인간 사이에 큰 믿음이 다져지기 어렵다. 크나큰 믿음은 다짐할 필요가 없다. 믿음은 약속보다 큰 마음가짐이기 때문에 서로 믿음을 바탕 삼으면 어긋남 없는 삶을 나눌 수 있다. 그래서 부부 사이를 가리켜 믿음에서 돋아나는 사랑이라고 한다. 세상은 살얼음판 같아도 가정은 포근하다고 하는 이유는 무엇일까? 부모와 자녀가 오순도순 서로 믿으며 살기 때문이다. 부모와 자식이 서로 믿지 못하는 경우는 거의 없다. 그런데 갈수록 가족끼리 송사訟事를 하는 경우가 많아 서글프다.

# 태어남이란

"천지지대덕왈생天地之大德曰生이라 한다.' '천지天地의[之] 큰[大] 덕을[德] 태어남[生]이라 한다[曰].' 는 말로, 《주역周易》에 나오는 말씀이다.

주역周易에서 '역易'은 '태어나고 태어난다' 는 의미이다. 그래서 역易을 생생生生이라고도 한다. 그러나 태어남[生]이 태어남[生]으로 곧장 이어진다는 말은 아니다. 태어남과 죽음, 태어남과 죽음을 생생生生이라 하고, 이를 변화變化라고 새기면 된다.

온갖 것[萬物]은 역易이라는 변화의 길을 벗어날 수 없다. 봄이 오면 잎이 나고, 잎이 나면 꽃이 피고, 꽃이 피면 열매가 맺어 그것이 여물어 씨를 배는 것이 곧 생생生生이다. 대덕大德을 어렵게 생각할 것 없다. 씨앗을 생각하면 된다. 씨앗은 곧 생生의 약속이다. 목숨보다 더 큰 덕은 없다. 그래서 단비를 덕德이라 하는 것이다. 봄에 단비가 내리면 새잎이 돋고, 그러면 온갖 생물이 풍성하게 살 수 있다. 그래서 목숨이 살게 하는 것을 일러 덕德이라 하고, 목숨을 못살게 하는 것을 일러 부덕不德이라고 한다. 못살게 하는 것은 무엇이든 부덕不德이다. 나아가 편안하게 살 수 있게 함을 일러 후덕厚德이라 한다.

# 느끼는 사람이란

두 아이가 함께 들길을 걷다가 새까만 개똥 위에 앉아 있는 흰 나비를 보게 되었다. 나비를 보고 한 아이는 아름답다 했고, 다른 아이는 더럽다고 했다. 두 아이는 왜 한 마리 나비를 두고 서로 다르게 말했을까? 아름답다고 한 아이는 개똥의 검은색과 나비의 흰색을 느낀 그대로 말한 것이고, 더럽다고 한 아이는 개똥은 더럽다는 상식을 빌려 말한 까닭이다. 한 아이는 느낀 것이고, 다른 아이는 느끼지 못한 것이다.

무엇을 느낀다는 것은 관심을 갖고 유심히 보고 듣고 감촉하는 것을 말한다. 꽃을 보고 만지고 냄새를 맡는 것은 모두 느끼는 행동이다. 꽃을 느낄 때는 그 꽃 이름을 몰라도 된다. 이처럼 느낀다는 것은 맨 처음 새로 알아내는 힘이다. 그런 힘을 강하게 간직한 사람도 있고, 그렇지 못한 사람도 있다. 암기하고 있는 지식보다 항상 새로운 생각을 하는 사람이 아이디어가 풍부한 사람으로 거듭난다. 미처 몰랐던 것을 찾아내려고 하는 사람은 항상 모든 것을 남달리 느끼면서 꼼꼼히 살피고 새로 생각하는 길을 터 나간다. 사물을 느낀다는 것은 남을 통한 배움이 아니라 스스로 터득해 새로 알게 되는 첫발이다.

# 두 갈래의 힘

강력強力이란 두 갈래의 힘을 나타낸다. 강력은 강強과 역力이 합쳐진 말로, 이 둘은 서로 다른 두 갈래의 힘을 뜻한다. 강強은 '내가 나를 이겨내는 힘'이고, 역力은 '내가 남을 이겨내는 힘'이다. 이 두 개의 힘 중에서 대인은 강強을 본本으로 여기고 역力을 말末로 여긴다. 강強을 업신여기고 역力만 밝히면 못된 인간이 되고 만다. 그래서 자신을 다스릴 수 있는 사람은 언제나 강強을 근본으로 삼는다. 그러나 남에게 이기려고 온갖 잔꾀를 부리는 사람은 강強보다 역力을 앞세운다. 그래서 역力을 소중히 여기고 강強을 소홀히 한다. 강強을 업신여기면서 역力을 추구하는 사람은 늘 끝이 험하고 흉하다.

이른바 권력權力만 믿고 오두방정을 떨면 세상의 손가락질을 받을 수밖에 없다. 끝이 좋은 폭군이나 독재자를 본 적 있는가? 노자께서 밝혀 놓은 '자승자강自勝者强 승인자력勝人者力', 즉 자신을[自] 이기는[勝] 것은[者] 강이고[强], 남을[人] 이기는[勝] 것은[者] 역이다[力]라는 말의 뜻을 잘 생각해 보라. 강強은 나를 귀하게 하지만 역力은 나를 천하게 할 뿐이다.

# IMF와 아나바다

낱말의 첫 자를 묶어 줄여 쓰는 유행어가 못마땅할 때가 많다. 그러나 지금으로부터 10여 년 전, IMF 한파가 휘몰아치면서 등장한 '아나바다' 라는 말은 우리를 부끄럽게 하고 뉘우치게 했다.

뉘우쳐서 터득한 깨우침보다 더 소중한 기쁨은 없다. 우리는 그때 호황好況이라는 신기루에 걸려들어 흥청거리다가 졸지에 거덜나고는 검儉을 잊고 산 뒤탈이 얼마나 무서운지를 실감했다. 그때 아나바다라는 말로 철이 들어갔다. '아껴 쓰고, 나눠 쓰고, 바꿔 쓰고, 다시 쓰자.' 는 말을 묶어 아나바다라고 불렀다. 말로만 그렇게 한 것이 아니라 갖가지 형태로 생활 곳곳에서 검약의 정신이 실천되고 있었다. 이러한 검儉의 정신은 우리를 늘 기쁘게 한다. 절약節約하면 부족할 리 없고, 낭비浪費하면 풍족할 리 없다는 가르침이 곧 검儉이다. 모처럼 일기 시작한 아나바다 정신이 그동안 잊고 살았던 검儉을 되살려 주었으니 지금 와 생각해 보면 IMF가 오히려 우리를 철들게 한 셈이다. 경제가 아무리 좋다 해도 국민이 낭비벽浪費癖에 걸려 있는 한 그 나라는 밑 빠진 독에 물 붓는 꼴일 수밖에 없다. 그런 의미에서 아나바다는 IMF가 준 선물이다.

# 터득하게 하는 힘

어리석은 부모는 자녀를 윽박지르고, 현명한 부모는 북돋워 준다. 아직도 모르느냐고 핏대 세우는 부모는 자식을 들볶지만 모르는 것을 깨우쳐 주려는 부모는 슬기롭게 한다. 들볶이는 아이는 꾀를 부리고, 슬기로운 아이는 호기심을 낸다. 호기심은 무엇인가? 아이로 하여금 스스로 터득하게 하는 신비로운 약※이다. 아이 스스로 터득하게 하는 어머니는 소중한 선생이다. 그런 어머니가 되려면 우화寓話를 잘 만들어 내는 이야기꾼이 되어야 한다. 어머니의 우화는 아이의 호기심을 담은 약봉지와 같기 때문이다.

　유치원에서 돌아온 아이가 뻐꾹 뻐꾹 하며 노래를 부르자 엄마가 물었다. "뻐꾹새가 좋으니?" 아이는 그렇다고 대답했다. "뻐꾸기는 노래만 잘하지 새끼를 기르지 않는단다. 뱁새 둥지에 몰래 알을 낳아 놓고 달아나 버리거든. 뱁새는 그런 줄도 모르고 알을 까 열심히 키워 주지. 그런데 새끼 뻐꾸기는 나중에 자라서 도망쳐 버린단다." 아이가 또랑또랑한 눈망울로 엄마를 바라보면서 말한다. "엄마, 뻐꾹새 나빠." 아이가 스스로 터득한 것은 유치원에서 배운 노래 때문이 아니라 엄마가 들려준 이야기 덕분이다.

# 인생의 원·형·리·정(元·亨·利·貞)

철없이 살지 말라는 말을 되새긴다면 천지에 네 계절이 찾아오듯 인생에도 네 계절이 있음을 알 것이다.

　주역周易의 '원元·형亨·리利·정貞이라는 말도 철없이 살지 말라 함이다. 원元은 선善이다. 그 선善은 만물이 태어나 자라는 상象이다. 그래서 선은 크고 원대하다. 선善은 봄이다. 유년의 인생은 원元이요, 선이요, 봄이다. 봄은 성장成長이다. 성장하는 인생이 있다. 형亨은 미美이다. 미美는 만물이 자라 무성한 모습〔象〕이다. 그래서 미는 풍성하고 번영한다. 청장년의 인생은 형亨이요, 미요, 여름이다. 여름은 무성茂盛이다. 무성한 인생이 있다. 이利는 의義이다. 의는 만물이 마땅하고 순조로운 모습이다. 그래서 의는 당당하고 떳떳하다. 장년長年의 인생은 이利요, 의義요, 가을이다. 가을은 풍요豐饒이다. 풍요한 인생이 있다. 정貞은 이理이다. 이는 만물이 분수를 지키는 모습〔像〕이다. 그래서 이는 함부로 동요하지 않고 조용하다. 노년老年의 인생은 정貞이요, 이理요, 겨울이다. 겨울은 소장所藏이다. 소장할 인생이 있다. 이처럼 인생도 철따라 할 일이 매겨져 있다. 철을 어긴 인간은 스스로 삶을 초라하게 만든다.

# 훌륭한 엄마와 빛나는 아이

훌륭한 부모는 자녀에게 성적이나 석차 타령을 하지 않는다. 칭찬할 때나 꾸짖을 때도 한결같이 들뜨지 않고 신중해 지나치거나 모자라지 않으려고 마음을 쓴다. 빛나는 자녀는 부모를 속상하게 하지 않는다. 좋은 성적이나 석차로 그렇게 하는 것이 아니라 반갑고 놀라운 호기심을 자아내 무한한 가능성을 보여준다.

"엄마, 초승달이 무엇인지 알아?" "아니, 몰라." "내가 가르쳐 줄까?" "그러면 고맙지." "점점 불어나 보름달이 되는 것이 초승달이야." "그렇구나. 초승달을 가르쳐 주어 정말 고맙다." "엄마, 그러면 그믐달이 무엇인지 알아?" "아니, 몰라." "그것도 가르쳐 줄까?" "그러면 더 고맙지." "보름달이 점점 줄어든 것이 그믐달이야." "그렇구나. 가르쳐 주어서 정말 고맙다."

하진부에서 정선으로 가는 버스 안에서 엿들은 모자母子의 대화이다. 젊은 엄마는 아이의 호기심을 확인하고, 아이는 엄마의 관심을 사로잡은 한 토막 대화가 빛났다. 평소의 그 모자母子 사이를 짐작케 하기도 했다. 훌륭한 엄마는 답을 대지 않는다. 다만 아이의 호기심을 확인할 뿐이다. 이름 모를 그 젊은 어머니는 참으로 자식농사를 제대로 짓고 있는 것이다.

# 딸이 보낸 편지

"오늘은 아이가 토끼를 그렸어요. 발이 여덟 개나 달린 토끼를 그렸어요. 이상하다 싶어 아이에게 토끼 발이 몇 개냐고 물으니 네 개라고 간단히 답하지 않겠어요. 그림을 가리키며 그런데 왜 여기 토끼 발은 여덟 개냐고 물었더니 한심하다는 듯 나를 쳐다 보고는 이렇게 말하는 것이에요. '엄마, 토끼는 지금 서 있지 않아. 달리고 있는 거야. 엄마, 알았어?' 저는 할 말을 잊었고, 제 눈앞에선 토끼 한 마리가 깡충거리며 저를 보고 환하게 웃고 있었어요."

시집 간 딸이 친정어머니께 보낸 편지의 한 부분이다. 딸의 눈은 상식에 얽매여 있고, 손자는 상식을 벗어나 상상력을 짓고 있는 중이다. 손자의 상상력을 사랑하고 자랑하는 영민한 딸의 편지를 받고 친정어머니도 기뻐했다. 상식은 사람을 익숙하게 할 뿐 새롭게 하지는 못한다. 아이는 상상력을 발휘하면서 자라고 엄마는 놀라면서 아이를 키운다. 그런 딸에게 친정어머니는 이렇게 답장해 주었다.

"상식으로 시비 걸지 마라. 날마다 어른을 놀라게 하면서 여물어 가고 있는 아이를 기뻐해라. 그놈을 자유롭게 해라. 그놈 대단하구나. 상상력은 미래를 터 가는 힘이다."

# 놀리지 마라

다섯 살 된 아이를 네 살배기 때처럼 생각하고 말해서는 안 된다. 어린아이는 날마다 자라기 때문이다. 몸이 자라는 것만 알고 마음이 자라나는 것은 모르면 어머니는 아이한테 망신당할 수 있다.

텔레비전 만화를 지나치게 너무 좋아하면 눈이 빨갛게 변한다. 그런 아이에게 "어쩌려고 이렇게 날마다 텔레비전 만화만 보니?"라며 엄마가 꾸중했다. 그 말에 아이가 "엄마, 그런 말로 나 놀리지 마."라고 받으면서 빙그레 웃는 것 아닌가. 무안해진 젊은 엄마는 토라진 얼굴을 하고 "리모컨 이리 내놓지 못하겠니?" 했다. 그러자 네 살박이 아이는 "내가 끌게."라면서 다시 엄마를 보고 빙그레 웃었다. 엄마는 더 무안해져 아이를 향해 "왜 엄마를 보고 비웃니?" 하고 물었다. 그러자 아이가 하는 말 "엄마, 비웃는 것 아니야. 아빠가 엄마한테 한 것처럼 나도 웃는 거야."

그 순간, 불평하면 빙그레 웃고 넘어가는 버릇이 있는 남편이 아이 얼굴 위에 겹쳤다. 그제야 젊은 엄마는 아이라도 쉽게 대해서는 안 된다는 사실을 터득하고는 무안해서 빙그레 웃었다. 아내의 투정을 빙그레 미소로 받아 준 남편이 마냥 고마웠다.

# 들꽃 밭에서

늦봄이 되어 산과 들에 나가면 들꽃들이 저마다 제 색깔을 뽐낸다. 산천이 온통 꽃밭인 것이다. 아이들과 함께 자연 속으로 놀러 나온 부모는 입을 조심하고 아는 척을 덜 해야 한다. 아이가 이것저것 묻는다고 해서 넙죽넙죽 대답해 주면 안 된다. 부모는 아이에게 들꽃을 유심히 살펴보고 호기심을 자아내는 모습만 보여주면 된다. 이것은 민들레, 저것은 오랑캐, 저것은 붓꽃이라며 이름을 알려주는 부모는 유식할지는 몰라도 현명하지는 못하다. 아이와 들꽃 사이에 끼어 아이가 들꽃과 사귈 기회를 빼앗는 것이기 때문이다. 들꽃 앞에서 꽃 이름을 대 주면 아이는 들꽃의 생김새와 색깔을 제 눈으로 살피려는 호기심을 잃어버리기 쉽다. 그렇게 되면 아이는 꽃 이름을 외워 기억할 수 있을지는 몰라도 들꽃을 스스로 느끼고 생각하는 즐거움은 맛보기 어렵다.

사물을 제 스스로 살펴 느끼고 생각하는 즐거움을 맛보지 못하면 창의력을 키우기 어렵다. 창의력은 사물의 이름과는 아무런 관계가 없다. 이름은 몰라도 된다. 그저 제 눈으로 살피며 호기심을 맛보는 순간 창의력은 무럭무럭 자란다. 그래서 현명한 엄마는 아이가 꽃 이름을 물어보면 알면서도 모른다고 한다.

# 의젓한 형제

두 아이가 내 앞을 걸어간다. 작은놈은 1학년, 큰놈은 3학년이다. 아이들의 엄마는 같은 아파트 단지에 사는 내 제자다. 그래서 아이들은 날 몰라도 나는 그 아이들을 안다.

아이들이 바로 앞에서 걸어가며 재잘거렸다. "형 500원 있지?" "응, 있어. 왜?" "초콜릿 한 개만 사 먹자." 큰놈이 동전을 꺼내 주자 작은놈이 구멍가게로 달려가 초콜릿을 사 왔다. 초콜릿을 받아든 형이 걱정했다. "엄마가 알면 안 되는데…." "형, 여기 엄마 없잖아?" "응, 그런데 엄마가 충치 생긴다고 초콜릿 같은 거 먹지 말랬잖아." "여기서 먹고 들어가서 양치질하면 되지." "알았어." 큰놈이 껍질을 벗겨 큰 쪽을 동생에게 주자 작은놈은 형 돈으로 샀으니 작은 쪽을 먹겠다고 한다. 그러자 형이 어른스럽게 말했다. "나이 많은 쪽이 작은 것을 먹는 거라고 엄마가 그랬잖아. 그러니 네가 큰 걸 먹어야지."

형제는 이렇게 교과서 같은 이야기를 주고받으며 걸어갔다. 엿들으며 뒤따라가다 어찌나 흐뭇한지 속으로 중얼거렸다. '내 저놈들 엄마를 만나면 내가 먼저 공손히 인사를 해야겠구나. 그리고 아이들 치아가 튼튼하리라 제자에게 다짐해 주어야지.'

# 비밀이에요

다섯 살짜리 꼬마 현이 녀석이 동갑내기 여자 친구를 집으로 초대했다. 젊은 엄마는 둘이서 다정하게 놀 수 있도록 정성껏 대접하고 신경을 썼다. 두 아이는 사랑스럽게 소꿉놀이를 했다. 그런데 갑자기 여자아이가 화장실로 달려갔다. 한참이 지나도 나오지 않자 현이가 무슨 일인가 싶어 "들레야." 하며 화장실 문을 열려고 했다. 그러자 들레가 질겁해서 소리를 질렀다. "곧 나갈게. 문열지 마." 놀란 현이 엄마가 다가가 문 밖에서 물었다. "들레야, 무슨 일이니?" 그러자 안에서 목소리가 흘러나왔다. "현이 엄마만 들어오세요." 현이를 거실로 보내 놓고 엄마가 화장실로 들어갔더니 현이 엄마의 귀에 대고 비밀을 지켜준다고 약속하겠느냐고 소곤거리는 것 아닌가. 현이 엄마는 꼭 비밀을 지키겠다고 안심시켰다. 그런데도 들레는 엄마 손의 새끼손가락을 찾아 제 것과 걸면서 특히 현이가 알면 안 된다고 다시 한번 다짐을 받았다. "그래. 걱정하지 마. 그런데 무슨 일이니?" 하고 물자 들레는 현이 엄마의 목을 꼭 껴안으면서 "팬티가 온통 젖어 버렸어요."라고 고백했다. 현이 엄마는 현이의 새 팬티를 몰래 가져다 입혀 주었다. "현이 팬티가 나에게 꼭 맞아요. 비밀이에요." "응, 알았다." 그런데 둘만 모르고 두 집에서 다 아는 비밀이 되었다.

# 의젓한 손자

아이에게 정직해야 망신당하지 않는다. 아이가 거짓말을 할지라도 엄마는 정직해야 한다. 그래야 아이가 어긋나지 않고 잘 자란다.

아들 둘을 키우는 젊은 며느리가 자주 난처한 입장에 몰린다며 은근히 손자 자랑을 하는 친구가 있었다. "작은놈이 형 장난감을 무척 좋아한단 말이야. 큰놈이 유치원 간 틈을 타 며늘아이가 큰놈 것을 작은놈에게 슬쩍 내주었다가 혼났어. 낌새를 챈 큰놈이 제 엄마한테 왜 내 장난감을 동생한테 주었느냐고 항의를 했지 않았겠는가. 그랬더니 며늘아이는 딱 잡아떼더라고. 큰놈이 엄마가 거짓말하면 되느냐고 해도 단호하게 그런 일 없다면서 말야. 화가 난 큰놈이 장난감을 엄마 눈앞에 내밀면서 '엄마 손으로 만져 봐.' 하니 그제야 꿀 먹은 벙어리가 되더라고. 작은놈이 입에 넣고 빨아서 침이 흥건히 묻어 있었던 거지. 뚱한 엄마를 보고 큰놈이 의젓하게 '엄마, 나 몰래 장난감 주지 마. 자꾸 그러면 할아버지한테 장난감 맡겨 두고 유치원 갈 거야." 하더라고.

친구는 마지막 말을 강조하면서 우쭐했다. 돈 내놓고 손자 자랑한다더니 귀담아 들어준 내가 고맙다는 듯이 친구가 차 값을 냈다.

# 동요를 읊어 주다가

가족 셋이 산에 올라 바위에 앉아 쉬고 있었다. 그런데 갑자기 아이가 "다람쥐야, 다람쥐야." 하며 다람쥐를 부르는 것이 아닌가. 아이의 눈길이 머무는 곳을 보니 다람쥐 한 마리가 도토리를 주우려다 놀라 나무 위로 잽싸게 올라가고 있었다. 아이는 다람쥐를 다시 보고 싶어했지만 다람쥐는 다시 나타나지 않았다. 아이는 그만 눈물을 글썽거렸다.

엄마가 아이에게 말했다. "너는 반갑다고 불렀지만 다람쥐는 놀랐던 거야. 도토리 주우러 다시 올 테니 기다려 보자." 그러나 아무리 기다려도 다람쥐는 나타나지 않았다. 엄마는 안타까워하는 아이를 꼭 안아주며 귀에 대고 노래를 읊어 주었다. "다람다람 다람쥐 보름보름 달밤에 알밤 줍는 다람쥐. 낮이라서 다람쥐가 안 오는 거란다." 아이가 알겠다는 듯이 고개를 끄덕였다. 아빠도 아이의 머리를 쓰다듬으면서 "다람쥐가 오지 않는다고 사내가 눈물을 글썽이면 되겠니? 다람쥐는 네가 씩씩해 보여서 무서웠던 거야." 하고 위로했다. 그러자 아이가 아빠를 향해 말했다. "아니야. 빨간 모자, 빨간 옷을 입은 아빠가 무서워 도망친 거야." 엄마가 아이 편을 들어 주자 아이는 으쓱해했고, 훈계하던 아빠는 멀쑥해졌다.